叛 徒

赵晖 海飞 ……作品

南方出版传媒
花城出版社
中国·广州

图书在版编目（CIP）数据

叛徒 / 海飞，赵晖著. -- 广州 : 花城出版社，2021.9
 (谍战深海系列)
 ISBN 978-7-5360-9470-3

Ⅰ. ①叛… Ⅱ. ①海… ②赵… Ⅲ. ①长篇小说－中国－当代 Ⅳ. ①I247.5

中国版本图书馆CIP数据核字(2021)第161574号

出 版 人：肖延兵
选题策划：程士庆
责任编辑：夏显夫　邹蔚昀
技术编辑：凌春梅
封面设计：尚世视觉

书　　名	叛徒 PAN TU
出版发行	花城出版社 (广州市环市东路水荫路11号)
经　　销	全国新华书店
印　　刷	佛山市浩文彩色印刷有限公司 (广东省佛山市南海区狮山科技工业园A区)
开　　本	787毫米×1092毫米　32开
印　　张	5.5　1插页
字　　数	75,000字
版　　次	2021年9月第1版　2021年9月第1次印刷
定　　价	39.80元

如发现印装质量问题，请直接与印刷厂联系调换。
购书热线：020－37604658　37602954
花城出版社网站：http://www.fcph.com.cn

目录
CONTENTS

叛徒　　　　　　　　　　001

创作谈：创作小说《叛　　165
徒》的自白书

叛　徒

1

上海的那场春雪过后，沈阳守着租界里普恩济世路巷口的大壶春煎饺店，一连等了十二天。到了第十三天，依旧是天光还未亮的光景，她就摸索着起床。长时间的睡眠不足，让她和厨房里供电紧张的灯泡一样昏沉。她在刺骨的寒意中梦游一般套上棉袍，又站稳身子，沿着墙脚眼光生疼地一路走向煤炉。也就是在添好煤饼的时候，砧板上那张被油浸透的纸条出现在了她摇晃的眼里。字体虽然已经氤氲化开，但简单的一句话还是不难分辨。

三个字：别等了！

是朱几的笔迹。

谁说我要等？！沈阳将纸条揉成团，感觉手上突然就生长出一股劲道。不带任何犹豫，她直接将纸团戳进昨晚就准备好的那堆五花肉片里，又迅速提起菜刀挥落下去。于是，在她的手起刀落间，砧板上的五花肉一次次坍塌，又被堵截收拢。再散开，再堵截。而那粒纸团，则被彻底剁碎在了这天清晨大壶春煎饺店的肉馅里。

这样的忙碌过后，沈阳虚弱的脚底却很不争气地打了一个滑，整个身子便绵软地瘫坐在了湿气腾腾的泥地上。那一刻，她仿佛是一只踩进陷阱被人暗算的羊。但她终究还是忍住了嗓子底将要冒出来的抽泣，只是抬起手背擦去眼角已经连成一串的泪痕，又及时地抽了一把鼻子。直到这时，她才感觉身下冰冷异常。

抓住桌腿起身，又将遮盖在眼前的碎发整理好，她就发现那扇原本一直紧闭的窗现在是洞开的，初春里阴气逼人的野风找准了缺口成群结队地奔涌进来。她于是忽然明白,朱几是在昨天深夜里用一根枝条将纸片戳穿,又让枝条伸进窗口够到了砧板。砧板上残留着一汪油腻,它们能粘住纸片确保它不被风吹走。

再次擦了一把眼角,沈阳便利索地卸掉了煎饺店的两块门板,又抬腿跨过门槛仰望了一眼还没有亮透的天空。

这是1941年的上海,沈阳将门板卸下时,两团正在消融的春雪便告别屋檐,一前一后异常饱满地砸落在她脸上,像是斜刺里飞出的两把尖刀。沈阳顿时觉得,这个清晨,整个世界都对她展开着无情的陷害。

对面的街角处,那个熟悉的身影再次出现。沈阳于是举着沾着肉末的菜刀几个快步上前,厉声喝道:这么多天了,你一直老鹰一样盯着我店口,却从不买我家的一份煎饺。

对方显然是无从应对这突如其来的一幕,张合着嘴角不知如何作答。

不用浪费时间了，沈阳说，你要等的人死了！

别想骗我！对方看了她手上的菜刀一眼，鼓起勇气道。他死了你哪有这么威风！

事实上，在沈阳的眼里，对方至多只是个成熟的少年。冷风越过自己的肩头后，沈阳很快看清了他嘴角处那两丛被风扬起的细密的绒毛。

不要脸，他肯定是潜逃了！少年青涩的嘴角又挤出一句。

骂他能顶个屁用！有本事你现在就找到他，我替你给他卸了一条腿。沈阳说完时，少年的两只脚各自惊慌地往后退了一步。

雪地上的晨雾就在这时候开始消散，沈阳也终于明白，朱几的跑路不是因为在外头欠了债。用少年的话说，他是十分可耻地出卖了弟兄。

原来他还有弟兄。就凭他？走回煎饺店的沈阳又停下说，那他是得在上海滩滚蛋了。沈阳说完时，缺乏睡眠的眼肿被消散的晨雾收起了一半。此时的远处，黄浦江正好将一个蛋黄色的日头高高举起。

临近中午时分，大壶春的煎饺快要卖完时，秋海棠从迈尔西爱路上折进了普恩济世路的弄堂口。他在跨过门槛时摘下头顶的礼帽，温文地扣在了胸前，又在沈阳疲倦的视线里低头往前走，最终坐在了煎饺店最角落里头的那张长条凳上。

掌柜的，秋海棠搁下帽子说，来一份煎饺。

对不起先生，今天的煎饺估计不够一份了。

那就有几个来几个吧。秋海棠抹了一把脸，又转身扭头说，大壶春的煎饺，也就你这家分号的最合我口味了。

说得没错，你已经来过五天了，每次都坐这条凳。沈阳端上煎饺说。

一个女人一家店，你很辛苦，比昨天更憔悴。秋海棠抓起的煎饺在嘴角停住，又说，我姓秋，经常路过这里。

土丘旁边带耳朵的邱？

不是土丘的丘，是秋天的秋。

走开的沈阳并不转身，只是撑开眼皮道：哦。

秋海棠过了一阵才说,你肯定没睡醒,脑子里还很忙,没听清我刚才说的。

我不忙,秋先生。我以后会闲得发慌。像秋天里的一堆土丘那样闲得发慌。

沈阳说完这句时,一部卡车正好吐着浓烟驶过煎饺店的门口。几个男人立在车厢里,对着街道两旁一副凶神恶煞的架势。腰间的扎实皮套里,别着油光锃亮的枪柄。

狗日的汉奸,他们像是跟这个世界有仇!秋海棠咽下第三个煎饺,低沉隐蔽的声音被他嚼碎在嘴角的一片油腻里。

他们都是弟兄。上海滩到处都是五花八门的弟兄。沈阳的声音掉落在收拾起的碗筷里。全世界就数这批人顶忙。

沈阳后来从里到外擦拭着店里的桌凳时,心绪就再一次一截截地沉降下去,她那时的擦洗缓慢得像是一只蜗牛。等到所有的活都干完后,这个没有了朱几的上午也就基本这么过去了。她也越发清晰地明白，就像秋先生刚才话里的意思，大壶春这三个字，今后就全落在自己瘦弱的肩膀上了。

但姓秋的先生却不知何时已经悄然离开。沈阳转头望去时，空旷的店堂里，最角落桌上的那只煎饺碟下，压着一张孤独的法币。

许多个月过去以后，沈阳曾经问过自己多次，她是不是就在这天下定了决心，要将对朱几的所有记忆连同桌上的油污一同抹去？

不管怎样，沈阳知道，自己的心那时是和雪地一样冷的。那天的阳光铺展在坚硬的雪地上又被折射回去时，在她眼里碰撞的是一片恍恍惚惚的晕眩。

这晕眩让睡眠不足的她呼吸困难。

2

诸葛黄昏带着身后的队员大步穿梭在十三天前的上海里弄里,他和队员总共分成三拨,彼此保持着刚刚好的距离。夕阳的余晖踩过前面一拨人的头顶,跌落在地后又旋即攀上后面一拨人的肩膀,七个男人的身影一概被拉长,像七条瘦长的长袖。

身边的石库门民居内,已经有赶早的人家将各自的菜蔬扔进烧热的油锅里,空气中升腾的煤烟越来越呛鼻时,走在队伍最后的刘山明和朱几却依旧从中摘取出了饭菜煮熟的香味。他们咽下一把清淡的口水。

不对啊,咱们是不是走错路了?刘山明问朱几。

但朱几这一天的话比往常更少,他像是张了张嘴,又把想说的话给收了回去,眼光依旧紧锁着前方时而笔直又时而拐弯的弄堂。他同时回想着头顶刚刚飞远的一群大雁,几天前,诸葛黄昏曾经对着黄浦江夕阳下的另一群大雁说过,知道领头雁为什么鸣叫吗?它在激励尾随的同伴继续往前。

一行人最终到达一处黢黑的旧宅时,诸葛黄昏在众人模糊的眼里擦亮了一根火柴,那盏油灯于是摇晃着火苗,看上去很不情愿地亮闪起来。显然,这是一处废弃很久的住所,租界电力公司的电线已被主人剪断。也或许,这里早就没有了主人,线路是被电力公司剪的。自从党国的70万守备军撤退,上海就留下了太多没有主人的房子,除了那些仓皇奔向武汉和更远的内地的,无缘露面的很可能都去了脚底下的另一个世界。

今天的议题有两个,首先是一场入党仪式。然后……

诸葛黄昏让自己的声音停在半空中,又将两道视线从众人的脸上一一走过,说,下一个事项暂时保密。

刘山明上前握住朱几的双手时,屋内便响起了一阵克制的掌声。

许多年后,朱几依旧无法忘记,就在自己的入党誓词宣读完毕,屋内再次响起一阵绵延的掌声时,笑颜和蔼的诸葛队长突然收紧面容,声音急促又低沉地下令:肃静!

但是,就像谁也无法抵挡倾泻的夜色,眼前的一切也都已经无法挽回。窗外成群又杂乱的脚步以及枪栓的拉动声响起时,谁都知道,敌人已经近在咫尺。

我们被包围了!诸葛黄昏挺直身子说出一句时,油灯让他映在墙上的身影突然显得异常魁梧。

朱几于是猛地吹灭桌上的油灯,又在黑暗中对着诸葛的方向说,可是队长,我没有枪。

朱几的话音还未落下,一声华丽的枪响就在夜空中绽放开来。在朱几的记忆中,是靠近窗口的刘山明对着宁静的月光开出了这第一枪。枪声还在盘旋时，对方成群的子弹便如河水一般奔涌过来。

但突围注定是失败的。两名同志踢开房门欲要往外冲出时，等候已久的子弹第一时间到达他们的胸口。朱几举着一根木棍挑起牺牲同志掉落在地上的短枪时，又有一具身体应声倒下。子弹是在其后脑炸开，朱几抹了一把突然滚烫的湿漉的脸，才发觉那是同伴头颅里喷射出的脑浆和血水，散发着炙热的腥甜。同伴的一颗眼珠滚落在阴冷的泥地上，最终停稳时，像是一团灼热烧红的煤球。朱几吸了一口冷气，将自己的双眼合上。

再次睁开眼时，朱几看见的却是诸葛黄昏转身提起枪口，突然指向了刘山明的心窝。诸葛的嗓音声如洪钟，他说刘山明你别再装了，你是今晚的叛徒！刘山明一阵莫名的诧异，但却很快将惊慌收起，一个转身后便抬脚朝着诸葛黄昏横扫过去。诸葛黄昏像是对此早有准备，仰身躲闪后，冲跃向一旁的身子还未落下，就在半空中将一粒子弹向刘山明送了过去。

子弹正中对方的眉心。刘山明最后无力地望了一眼窗外虚无的夜色。

几分钟后,鱼贯而入的76号特别行动处人员便将这间屋子挤成了一只满装的水桶,朱几恍惚觉得,对方黑压压的身影像是一群突然降落的乌鸦。就在他彷徨犹疑的那一刻,墙壁下已经中弹负伤的诸葛黄昏缓缓地将身子支撑起,瞄准他突如其来地射出了一枪。那时,诸葛黄昏满脸疲惫,但他随后的笑容显得淡定又惋惜,嘴角对朱几使劲挤出的一句却是:刘山明,你这个可耻的叛徒!

如果不是朱几及时地侧身躲过,那颗射中他右臂的子弹很可能就钻进了他干燥的喉管。

76号特工正要上前踢落诸葛黄昏手里的短枪时,诸葛黄昏却在第一时间里将枪膛中的最后一颗子弹送进了自己的太阳穴。血光再次四溅起的那一刻,朱几似乎看见屋外聚拢的夜色倾巢出动,瞬间就将头顶的房梁彻底压垮。

3

苏三省踩进那间鲜血淋漓的屋子时，油灯已重新点起，时间是这天夜里的9点45分。作为本次行动的带队者，他首先要确定的是依次横摆在脚下的六个男人是否均已毙命。下蹲的身子站直后，他抖开之前轻掩鼻孔的那条折叠三角巾，拍落了西装肩头隐隐可见的一抹灰尘，又转动脖子，在众人的眼里系紧抚平了衬衫领口下新买的法式领带。随后，他的视线就落在了捂住伤口呻吟不止的朱几身上。斜眼注视对方片刻，苏三省递出那块手巾，将他的下巴托起说，不就是手臂上的一颗子弹吗？能把你痛得跟女人生孩子似的?忍一忍就过去了。

又说,兄弟怎么称呼?

朱几的眼里闪过一阵错乱,说,姓刘,刘山明。

是之前给我们打过电话的刘先生?

朱几沉吟半晌,才将头点下。

你……像是不够确定。

我不能确定,电话的那头是否就是队长您。

从事发地点回到极司菲尔路55号的特工总部下属特别行动处,苏三省的小车在行动处两部卡车的开道下,一共花了不到20分钟的时间。司机将车熄火后,苏三省依照往常的习惯,抬手顺势看了一眼表盘,时间是10点12分。

我想,一个钟头应该足够了。苏三省眼望着车窗外灯火通明的行动处一楼厅堂,对一向忠厚的司机阿亮说,11点30分,你就可以送我回去。

这一晚的盘问和审讯在10点30分正式开场。苏三省坐直身子,正要开始问话时,强光灯下的朱几却昏沉沉地垂下脑袋,痛楚绵延地说,能不能先给点吃的?再不吃,你就算没枪毙我,我也饿死了。

秘书转头望了一眼苏三省。苏三省转动起手指间一根削尖的铅笔,说,忍一忍,过了这一个钟头,你有的是时间吃香的喝辣的。

朱几空荡荡的胃里随即翻腾起一阵浓烈的酸楚。事实上,过去的时间里,他一直回想着一家名为大壶春的煎饺店分号,以及分号里一个名叫沈阳的女人。耳畔响起砧板上急急如雨点般的切菜声时,他仿佛自己一路走向了大壶春厨房热气腾腾的面饺蒸雾里。但那毕竟只是一团弥漫不清的雾。那一刻,汗湿淋漓的他,隐痛又迷茫的心头开始无比地思念着沈阳。

4

"尊敬的荒木惟科长,我现在刚刚回到住处。为了向您及时汇报今晚的战果,我决定在讯问笔录上附加一份我个人的汇报材料。这样的目的,是为了方便您就此次事件的前因后果做一次完整的了解和梳理。顺利的话,明天一早,这份材料就会送到您的案头。"

写完这段开头语,公寓书桌前的苏三省觉得需要一根雪茄来刺激一下倦怠的四肢。香甜的烟雾开始缭绕时,他的思路像是拨开了一层云雾。他于是思如泉涌地继续写道:

"关于今晚的行动,我首先必须向您表示歉意,他们组织的七个人,死了六个。剩下的一个,是原本就要向我们投诚的。换句话说,如果不是他们的这位变节者在现场乱了方寸,我们今晚的围捕会增加几条更有价值的活鱼。"

"事情的经过是这样的,本人之前从可靠渠道获知,中共一个秘密小组将在沪西苏州河南岸、东京路与澳门路交叉口的一座废弃民宅内召集一次特殊碰头会。得知消息后,本人对此十分重视,私下布置了秘不可宣的抓捕计划。"

"事有凑巧,两天前,我们三分队的办公室又接到一个来源不明的领赏电话,对方自称姓刘,是中共在上海的潜伏人员。他在电话里说,他们七个人的小组将在普陀路上举行第一次全员会议。我于是抢过办公室手下的话筒,直接问来电者出卖组织的原委,对方的回答令我哭笑不得,他说正因为是全员会议,按照我们在报上刊登的按人头行赏的告示,他自认为这回能领取到高额的赏金。他还向我诉苦，自己的组织实在太穷了，名为行动组，却连人手一枪也无法做到，可怜的活动经费甚至难以保证一日三餐。而他的苦衷正是因为家中老小积贫积弱，亟须用钱。"

"尊敬的科长，您说他们这些布尔什维克，到底图的是啥？我后来又向他问起，谁又能保证你不是个圈套？经我这么一问，他反而愣住了，又说，那你们要真的不信，总可以派一两个人过来打探虚实，他到时候会鸣枪为号。因为他也只知道会议的地址是在普陀路上，但具体的门牌却是不清楚的。"

"我好像说得有点冗长，有些细节就此跳过。我想您应该也知道，普陀路其实就在澳门路以南的百十米处，和东京路也有交集。况且，他提供的开会时间和我之前掌握的消息是吻合的，那么，我至少可以确定之前那则消息的准确性。"

"后来的情况其实您也清楚了，我们最终选择了澳门路。而更加幸运的是，当我们无法确定目标民宅，正在四周搜寻时，对方的确就有人先开了一枪，而且子弹是朝天发射的。此后的讯问中，我从这位姓刘的嘴里得知，他后来的开枪也都是乱射一通，我想他们的队长也就是凭此判断出了他的变节。而当一位姓朱的同伴向他质询时，他又没有沉住气，慌乱时直接开枪射向了对方的眉心。之后，他和最后留下的队长有过一番搏斗。我们的人及时赶到时，这名队长就要当场将他枪杀。幸运的是，姓刘的做了躲避，而我们的人员又第一时间冲上，要去制服这名负隅顽抗的队长。眼见着失去了再一次的射杀机会，队长于是用剩下的最后一颗子弹开枪自尽。"

汇报材料写到这里时，苏三省决定以这样的方式来结尾：

"尊敬的科长，就像我开头部分所说的，这次行动存在着诸多遗憾。但毕竟，我们除掉了中共地下组织的六名潜伏人员，还收押了一名幸存者。对于这名投诚者，本人也将在暗处继续留意观察，还请您能在影佐祯昭将军及相关人员面前替我美言几句。整个特工总部包括我们行动处,一向都按梅机关的指令办事,所以本人上次提出的从行动处三分队调往东亚研究所的申请,还望您能支持和帮助为盼!毕忠良处长有陈深队长和唐山海队长两位左右臂,力量已经足够。为了帝国的大东亚共荣,在下将在您的旨意下,赴汤蹈火,死而无憾!草草不尽,顺颂大安!"

第二天的同仁医院住院部病床上,朱几恍恍惚惚地苏醒过很多次,但每一次都被卷土重来的睡意彻底掩埋。他最终醒来是因为一双掌钉的制式军靴。踩上水泥地的铁片碾过一层层细碎的沙尘,丑陋的声音令他呼吸困难。

影影绰绰中,朱几看见苏三省的身边是一张陌生但却英俊的日本军官的脸。军官在他睁眼的瞬间就露出了准备好的笑容,又将捏在手里的一枝梅花递到他的床前。

这是梅机关的特务科科长荒木惟先生。苏三省对朱几说，他专程过来看你。

荒木惟的笑容再一次绽放时，苏三省没有忘记再一次展开对朱几的盘问。那时，好奇的荒木惟始终保持着微笑，饶有兴致地聆听着这场对话。

刘山明，我想起一个问题。苏三省说，你不是有枪吗？这和你在电话里的说法不一致。

我原本并没有分到枪，那是有人死后我从地上捡的。

你确定那名姓朱的同伴是被你打死的？

你们要是不信，可以核对一下那把枪和他眉心里的子弹。其实我现在很后悔，我没必要那么狠心。我很幼稚。

其实你很幸运，你躲过了你们队长的子弹。但是我又有一个问题，觉得你未免太过幸运，你说你和队长离得那么近，子弹怎么偏偏就被躲过了呢？

或许，是一种直觉吧。子弹绕着我走。

是怎样的一种直觉？苏三省继续发问时，荒木惟抬起手示意他打住，说，其实刘先生并不幼稚，他已经迎来一个梅开二度的人生。你知道眼下的中国，立场对了就什么都对了。荒木惟停顿片刻，又对着朱几说，刘先生，你觉得是这样吗？

病床上的朱几眼光生涩地望了一眼荒木惟，又将视线转开，落在白色床单上那朵娇小而生机勃勃的梅花上。

众人沉默时，苏三省在荒木惟的这番话里想起一段清晰的往事。那是一个阴冷的雨季，苏三省记得自己湿答答地走进了沙逊大厦的电梯，又被人带到了大厦内华懋饭店的一个包厢里。然后，在众人惊讶的目光中，76号特别行动处处长毕忠良对着座上的荒木惟说，这是军统上海区区长曾树的贴身随从，他现在被我们特工总部策反了。酒后的荒木惟用很长一段时间点燃一根雪茄，又眯起双眼道，吾日三省吾身，为人谋而不忠乎？苏三省制止住颤抖的膝盖，正欲张嘴时，荒木惟却摇摆起手中的雪茄，说苏先生不用解释，你脚下的这块波斯地毯就是你正确的立场。从今往后，你的人生就要雨转晴了。苏三省于是拉动嘴角，声音忐忑地说，那我以后就跟着太君继续这样的立场。

那天，苏三省紧随荒木惟的背影离开同仁医院的病房。护士拉开窗帘时，暗淡的阳光挤过窗格，步履蹒跚地爬上朱几床头的棉被。那一刻，朱几对自己说，可怜又是一个黄昏。于是，昨晚的那场枪声，在他耳畔再次响起。

就在刘山明死后，76号人员还未冲进房门的那段时间里，朱几记得，自己和仅剩的诸葛队长并肩战斗在那场突围的尾声部分：射出一排子弹后，诸葛黄昏急切地说：请你听清楚我接下去的每一句话。从现在开始，你就是刘山明。你的任务是伪装替身潜入76号，查找组织队伍中的叛徒。那一刻，朱几再一次觉得这个夜晚特别不真实，他扯开嗓子叫喊道，队长你是不是被打昏头了，叛徒不就是刘山明吗？他已经死了！

但诸葛黄昏却只是埋头装上最后一个弹匣，置若罔闻地说，我告诉刘山明的开会地址是假的，而我们现在被围捕,说明上级的推断是正确的,我们的交通线上还隐藏着一个更大的叛徒!

诸葛黄昏说完这句时,伏在窗前的整个身子便被蛮横地推开,跌落在地上。朱几知道,那是队长中弹了。但地上挣扎的诸葛黄昏却说小心你自己,不用管我。朱几于是在送出子弹的同时又抓紧问:他们难道没见过刘山明?

诸葛黄昏努力地挺起身子,又抓住窗格再次站到朱几的身后,说,姓刘的是打电话给76号,为的只是捞钱。我原本并不确定谁是打电话的叛徒,只是发现,姓刘的刚才一直没有目标地开枪。

对方的火力变得更加集中又猛烈,屋内的两把枪明显已经无法支撑。没有机会了,诸葛黄昏的声音中掠过一丝茫然,他说我们换一把枪,你千万要记住,刘山明是你打死的。他们冲进来后,我会朝你的脖子开枪,请你提前往左手方向躲避。

朱几热泪盈眶地望向队长时,一排如水的月光便从窗外涌进。那时,从诸葛黄昏宽阔额头上爆出的两行坚硬的汗珠,正顺着他苍白失血的脸颊无情地滚落。

拜托了朱几,你是鸿雁小组最后的种子,你今后的代号……叫"东——海"!

诸葛黄昏抓住窗格的左手慢慢松开,又沿着墙壁无法挽回地跌坐下去。他最后气若游丝地说起,请你忍住枪痛,更要忍住今后的一切!

5

在迄今为止将近三十年的生涯里,陈看见最为昏暗的记忆莫过于沪西永豫纱厂那间不知名的仓库。那时候,哪怕是窗台上偶尔到访的一只孤单的麻雀,也能令撑开眼皮的他羡慕无比。

自从被捆绑后,陈看见记得,自己已经看见第三幕昏黄的日头从房顶的窗口处坠落。那么,加上之前两场从早到晚的阴雨,深陷在饥渴中的他,已经被这个世界整整遗忘了五天。双手被反剪在背后,又有一根绳子将他的两只脚踝死死扎紧,此刻,蹲坐在地上奄奄一息的他忘却了对食物和水的思念。眼光再一次从身上那套平整干净的深绿色制服上缓缓走过时,上海邮政局第九支局的邮差陈看见似乎感觉正淹没在一股春潮泛滥的河水中承受着灭顶之灾,他于是对生命产生了彻底的绝望。

陈看见最终是在这天的深夜被解救,他依稀觉得有人为他松开绳索,又将几口温热的米汤送入他干涸如龟裂般的嘴唇。然后,他仿佛是在经历一段漫长的时光后才漂浮到了河面中春水的对岸。无比缓慢地睁开眼时,他才发现,虚幻的视觉里,救下自己的却并不是之前将他捆绑起来的那个男人。

陈看见那时不会知道,过去的四天时间里,一个名叫朱几的男人曾在心中无数次默念过这间仓库的地址。他更加无缘知道,将他捆绑的那个男人叫诸葛黄昏。而在五天前深夜的一场枪战里,诸葛黄昏临死前曾将一把钥匙交给朱几。诸葛黄昏对眼前的朱几说,别忘了,那间仓库里还有一名邮差。我怀疑他私藏了我的一封信件。但你不能让他活活饿死。

而现在,朱几就出现在了陈看见渐渐清晰的眼神里。

事实上,一直到这天的傍晚,苏三省的手下才停止了对"刘山明"的寸步不离。好不容易脱身时,朱几便找准机会,第一时间向沪西狂奔过去。

在此之前,特工总部负责看管"刘山明"的人员一直对他的过往有着浓厚的兴趣。"刘山明"于是带着他们拜访了黄浦江畔的那艘小船。

过去的几个月里,沈阳并不知道,一待她熟睡后,朱几便在黑夜中悄悄起床。紧踩着脚踏车穿过无数条纵横交织的里弄和街道,几乎将大半个城市甩出后,朱几才望见了明灭在远处黄浦江上的轮船灯火。站立在潮湿的江雾中,全身冰冻的朱几分三次敲响脚踏车的铃铛。之后,躺在小船船舱里的诸葛黄昏会让刘山明对着岸边发出两声野鸭的鸣叫。待朱几再次拨响铃铛时,小船便划开夜色向他靠近过来。

四面透风的船上实在太冷,很多次,朱几都是带上自己的冬衣去给他们御寒。

我们就住这里,一共三人。这天,对着苏三省的手下,朱几眼神落寞地说。他后来挑拣整理出自己的物品,又向苏三省的手下借了个打火机。

没过多久,江面上的小船就燃起了熊熊烈火,远远地望去,烈焰中无处逃脱的篷板像是在黄浦江上顶起一团灿烂的火烧云。

欣赏着眼前的壮观,苏三省的手下乐呵呵地推了一把低头沉默的朱几,他说别想那么多陈年往事了刘山明,你现在跟我们是一条船上的人了。

朱几忍不住一阵抽搐,对方的推搡扯动起他右臂上的枪伤,他能感觉裂开的伤口处有一股新鲜的血水涌出。几分钟后,他的头顶便飞扬起因为船被烧毁而上扬的一排火星和灰烬,到处流淌的炙热里,他却觉得四肢冰冷无比。

和对方回76号的路上,朱几的思绪始终停留在之前那天的船上。他记得,诸葛黄昏那时是在同他和刘山明商量着该给七人小组取个什么样的代号。仰望着空中经过的一群大雁,朱几的双眼跟随它们的翅膀走了很远才开口说道，队长，你觉得叫鸿雁怎样？

那一刻，躺在甲板上的诸葛黄昏唰的一下坐起身子。于是，三人的脚底板下，小船不禁愉快地摇晃起，江面上走过阵阵起伏的波纹。

也就是在这天的后来，诸葛黄昏从甲板下摸出一把油纸包裹的仿造式勃朗宁1900，他说这是组织上刚刚分配的，但只有一把。你们两人要不转个银圆吧，正面归小朱，反面归山明。

呼呼转动的银圆在船板上最终落定时，反射起一道金色夕阳的光。俯身细看的诸葛队长后来拍拍朱几的右臂道，再等等吧，下次会有机会的。

那天的后来，到达永豫纱厂又等待陈看见在仓库里喝完那碗米汤时，深陷在记忆中的朱几终于回想起，仿佛是上天冥冥中的安排，队长之前在船上拍打他臂膀的落手处，却正是自己日后中枪的位置。

6

秋风渡石库门的弄堂里,再次见到陈看见门前那部送信的绿色摩托时,程婴的脸上掠过一抹短暂的笑容。那是初春里一个稀薄暖阳的上午,提着米袋的程婴抬头时,背对着她的陈先生正抖落出深绿制服上的一团水珠。陈先生将清洗后的制服撑开,挂上衣架后搭在了贯穿阳台的那根晾衣绳上,又拉平了每一处滴水下垂的衣角。

似乎是感觉到背后温润的目光,陈看见很是自然地转身时,双目便与程婴清澈的眼撞在了一起。有那么一刻,他怔怔地望着楼下弄堂里的这个女邻居，手里刚刚提起的那件水湿的白衬衣于是又落回到了水盆里。程婴察觉，陈先生眼里原本暗藏的一缕灰暗在倏忽间消失了。

程婴很浅的一个笑，在陈看见渐渐拉长的视线里低头走远。程婴边走边想，一直以来，陈先生的目光和他每日里都要冲洗的头发一样，经过木把铜壳电吹风的一阵吹拂后，每一根发丝都始终是干干净净的。程婴这天原本想要问他，这一个星期里他究竟去哪儿了，但这念头只是在脑子里匆匆一闪就被收回了，因为陈先生不会看得懂自己比画出的这句哑语。程婴只是记得，过去的四年里，陈先生每次过来敲门，接过他双手捧出的信件时，自己都会在胸前握拳，伸出拇指朝他热情地弯曲两下。那是表示谢谢。随后，陈先生就抬起手掌摇动着空气，也是没有语言地向她道别。

但是，程婴这两年的信件明显要少去了许多。她一直记得，宽生他们的71军离开上海又失守南京后就转战到了洛阳、兰封，然后又参加了武汉会战中的马鞍山、沙窝、宣化店等战役，信件于是就这么渐渐稀少了。宽生说宋希濂将军下辖的三个师自淞沪会战后就一直走霉运，德械师成了国械师。87师伤亡惨重，最后剩余800人。他们的88师也就留下了1000多官兵。总之，宽生的每一封信里都要提及，战争是越来越惨烈了，身边不断倒下死无全尸或是面目全非的战友。临死前，他们甚至是在和宽生一起给家里写信，正要走过来向宽生请教一个汉字的偏旁时，一颗炮弹落下。于是，依旧抓着钢笔的手臂就被炸到了几十米开外。

在每一页千里迢迢又跋山涉水的信纸里，程婴总能闻到一股干燥的硝烟味。奇怪的是，她那几乎失聪的双耳也会在此时响起一阵炮弹炸开过后的嘤嗡声。

但宽生每一次都忘了提程婴的回信。程婴曾经问过宽生，自己想把长发剪短，就留到齐肩的位置。又在随后的一封信里说门前的那棵桃树这两年里竟然光开花不结果，她问宽生原因到底在哪里……

陈看见在这个上午再次遇见程婴是在街头的一家杭嘉湖米店门口。抢购大米的人群中，程婴提着空空的米袋努力地想往前挤，但瘦弱的身躯却最终在拥挤的队伍中离店门越来越远。她似乎只是抢到了额头上爆出的几颗新鲜的汗珠。

陈看见将摩托骑出一段距离后停下，背着邮包一路奔向人群背后踮起脚跟束手无策的程婴。他勾了勾右手的食指，示意程婴将手里的米袋给他。

程婴摇头时，陈看见便干脆劈手夺走了米袋。他将邮包举过头顶，陈看见抬腿侧身，挤进人群后一阵吆喝：老板，金城银行的汇款单，要你签字啦！

回头的人群于是纷纷让出一条小道。

陈看见后来提着一袋大米交到程婴的手上时，程婴便闻到他身上一股新鲜香皂的味道。再后来，陈看见又抽出系在邮包上的一条毛巾，蹲下身擦去了程婴棉鞋上被人踩过后留下的两只脚印。程婴那时发现，眼底的陈先生，他的发梢和耳根处，似乎在阳光里蒸腾着一股暖流。

待陈看见起身,人群里就有了对他的埋怨。他们说,侬小夫妻什么花头精都想得出来,哪里有什么汇款单吗?多么金贵的大米,是要好好排队的晓得伐?

陈看见并不理会,只是望着程婴睫毛忽闪的眼,又抬手指指远处的摩托和两人来时走过的路,意思是要送她回去。程婴还是摇头,转动起黑发后又在胸前朝他弯曲了两下拇指,随后示意他该回去上班了。

这一天夜里,当程婴毫无征兆地站立在陈看见家的门口时,陈看见瞬间有了一阵局促,埋头写信的他赶紧将桌上的信纸收起,折好塞进抽屉里。直到这时,他才发现,程婴的手里原来还托着两个热气腾腾的馒头。

程婴后来脱掉鞋子,赤脚踩进陈看见家一尘不染的水泥地板,又拿起桌上的钢笔,在信纸上腼腆地写下:你走后,我又回去,买了一些面粉。

陈看见一阵忙乱地替程婴找出一双棉花拖鞋，又抬头说，其实你不用脱鞋的。程婴在灯光里摇摇头，笑了。

后来，陈看见就着早晨的开水咬下两口馒头时，程婴就在他一直诧异和惊喜的眼神里转身，十分安静地走出他的房间。在陈看见后来的记忆里，程婴这次似乎是回过一次头的。程婴回头后，将那双提起的棉花鞋整齐地摆在了墙角处。然后，她笑了一笑，房门就被掩上了。

7

好多个清晨里,朱几偷偷回到普恩济世路,为的只是远远地看一眼大壶春煎饺店门口偶尔走进走出的沈阳。沈阳的腰身虽然没有什么变化,但她那张脸明显是瘦了,未及打理的碎发时而遮住她的双眼。

朱几当然有过向前迈近的冲动,就像之前那样,他在离开诸葛黄昏的小船后又钻进了煎饺店附近的一家菜场,在买好一堆芹菜韭菜和三四斤五花肉后骑上脚踏车,重新出现在大壶春的门口。那时,沈阳已经在厨房里烧开了清晨里的第一锅热水。

在门口撑起脚踏车的后轮,朱几便提着菜篮子快步走向暖烘烘的厨房,边走边说,我回来啦!

总是在想起这些的时候,朱几才会转身,然后仰望一阵告别春天的浮云,为的是让晨风收起眼角处的那场酸涩。随后,他便装作一个外表磊落的男子,心无挂念地抬脚消失在春去夏回的人群中。

更多的时候,人群里的朱几只是跟随忙碌的苏三省,到处搜寻着有关中共和军统组织的消息。但是,对于诸葛队长临终交给的任务,冒牌"刘山明"朱几却始终毫无进展。

由此,沈阳才在三个月后从一个来吃煎饺的顾客嘴里得知,自己的男人曾经提着短枪出现在一部吐着黑烟的篷布卡车里。顾客还言之凿凿,说自己亲眼看见沈阳的男人冲下篷布车,和76号的同伙一起,动作凶狠地砸了一家私人诊所,原因是诊所里的大夫曾为一个刚从重庆过来的男人拔过一颗牙。

侬晓得伐,那大夫满脸是血,不灵清的还以为伊是唱红脸关公的刚卸了妆。又说,格个辰光,就是侬个男人,我记得伊面孔,伊用枪口顶牢大夫个脑门,要人家将丢在垃圾桶里的牙齿一颗颗捡起来吞咽下去,总共有五颗呀。其中的两颗,血还没干,还带着肉末星子呀。

没等顾客说完,沈阳就上前一把夺过他的碟子,连同几个煎饺一起扔进了垃圾桶里。

你好走了。沈阳说。以后别再让我见到你。

这天,一身工装的秋海棠踩进大壶春的门槛时,恰好与这名满嘴抱怨又仓皇离开的顾客撞在了一起。之前,英商电车公司司机秋海棠在福煦路上将抛锚的电车交给了前来修理的电工师傅。随后,他也是顶着一群乘客的抱怨声走上了笔直的迈尔西爱路,又一直往南过了巨籁路的路口,这时,普恩济世路就清晰无边地出现在他的眼里。

沈阳曾在福煦路上见到过开电车的秋海棠,那时,他就站在电车驾驶室里,双眼平静地注视前方的人车合流。视线里猛然出现沈阳的面孔时,秋海棠就拉响了电车的铃铛。沈阳于是就那样站在街口,目送着那部人头攒动的电车在叮当声中慢吞吞地走远。

后来有一天,秋海棠当着沈阳的面说起,他说总有那么一天,自己的电车经过的每一个站点,再也见不到一个汉奸和日本人。到了那时,秋海棠昏暗的眼里闪烁起光泽说,上海的每一条大街上,将到处都是喜气洋洋的中华民族同胞。不用说,天肯定是很蓝的。

还有一次,沈阳在福煦路的天空下望见站在电车车厢顶的秋海棠时,她觉得上海的天其实已经很蓝。秋海棠那时也是一身工装,戴着一双手套,面对头顶脱开电缆的电车辫子线忙得满头大汗。但秋海棠没过多久就重新搭上了电路,他抓着车窗口跳到街面上时,就问车厢下一直等候的沈阳,他说你知道上海人是怎么笑话这走不动的电车吗?沈阳说我当然知道,他们每次都说翘辫子。

沈阳这天为秋海棠端上一份煎饺时,脑子里已经全然忘记了那位不灵清顾客说起的牙科大夫。但秋海棠却将一双簇新的白色线织手套递到她手里,他说这是公司刚发的,以后每次烧煤炉和倒开水时,沈阳都要记得戴上。

于是,望着眼前的电车司机,沈阳那么多日子里想要说的话,却不知从何开头。她最终收回桌面上的一只手,将它停落在自己的小腹上。

其实我知道你的难处,秋海棠后来说,你有身孕了。

但如果你不介意,那也是我的孩子。等孩子爹以后回来了,你还是之前完全的你。

他这辈子也不会回来了。沈阳突然抬头时,两行清泪便从眼角涌出。又说,我就当他是死了。从今往后,我都听你的。

两人的婚礼就在此后第三天的晚上。说是婚礼,其实十分简单,秋海棠只是叫了几个电车公司的同事。酒过三巡,就有人给秋海棠敬酒说,秋师傅眼睛亮堂,怪不得当初一定要跑这条线路。秋海棠于是望了一眼沈阳,将话题岔开说,喝酒吧喝酒。沈阳后来抱着肚子在客人的眼里走远时,掉进她耳里的又一句玩笑话是,别看秋师傅电车开得慢,但人家老司机,播种却是快的。

客人送走后,在秋海棠挑芯点起的两根大红蜡烛里,沈阳猜不到接下去会发生什么。她只是听见秋海棠在摇曳的烛光里说,你的确长得蛮好看。

秋海棠后来从衣柜里抱出另外一床毯子说,沙发归我,以后都这样。

坐在床头的沈阳眼看着秋海棠背对自己将那条毯子展开,又听见他说,还要同你商量件事,能不能借我一个枕头。

听着秋海棠这样的玩笑话,沈阳凝结的眉头渐渐舒展开了。在秋海棠之前同她的一次次谈话中,沈阳慢慢知道,秋海棠加入的那个秘不可宣的组织都是一帮有志向的中国人,他们一直在坚持着地下的抗日工作。而秋海棠向她提出那样的要求,正是为了给他自己的身份寻找一个公开的掩护。秋海棠甚至说过,有朝一日,你也可以加入我们的队伍。

二十七天后,朱几在那个夜晚像疯子一般奔向黄浦江畔,夜风将他的汗衫灌满,他能去的地方似乎只有一处。江面上,队长的那条小船只剩下岸边牵系的缆绳和浪头间飘摇的一块破板。再次触摸到那块喝饱江水的船板时,朱几觉得指尖的冰凉瞬间贯穿全身。此前的中午,他从极司菲尔路的76号出发,前往已经升任为东亚研究所所长的苏三省的办公室。途中,他让黄包车夫绕了一段远路,为的是再去看一眼大壶春的煎饺店。过去的时日里,为了减轻对沈阳的思念,他一再叫停了自己前往普恩济世路的脚步。

但在大壶春煎饺店的门口,朱几看见的却是沈阳卸下的那两块门板上,张贴着阳光晒旧的囍字,而门楣上的大红横幅则更是醒目。四个大字:新婚大吉!

车轮停下,朱几再次透过车厢帘布的缝隙望去时,沈阳正挺着隆起的小肚,步态臃肿地走出那面柜台。

整个世界都在翻滚，就连黄浦江的潮涌，似乎也在篡改着夜色。守着那块船板，在黄浦江平静的水声里，朱几一直坐到了天明。一艘江轮在晨雾中鸣笛启航时，他从口袋里掏出诸葛黄昏曾在甲板上转动过的那枚银圆。这是突围失败那晚，队长连同那把钥匙一起埋进土里的。队长对朱几说，它能在日后证明你的身份。

朱几于是再次想起诸葛队长临终前的一句话。他说你要记住，那个男人的名字是码头熊。队长最后又说：请你忍住枪痛，更要忍住今后的一切！

8

每天清早,第九邮政支局的深绿色卡车从虹口区北苏州路上的上海邮政总局里准时提取出区域内的信件和包裹。到达支局卸货后,陈看见和他的同事们就分拣出属于自己线路内的物件。无论是阴晴雨雪,所有的信件和包裹都要在第一时间送往每一处门牌。但等陈看见返回时,他腰间的邮袋并不是空的,因为他还要打开沿途线路上的每一个邮筒,取走附近居民寄出的所有信件。上海的邮筒有两种:一种是全身绿色的,里头都是普通信件。另一种,虽然大体也是绿色的筒身,但头部却是漆成黄色的，中间还有一条黄色的腰线，那都是加急邮件，一般是寄往外地的。陈看见得让它们早点到达邮局，盖上邮戳后能尽量赶上当天离沪的火车。或许也正由于此，部分邮差的很多脚踏车正逐步更换成两轮的摩托车。

陈看见热爱这份工作，并不仅仅因为邮局门口的那对字幅：邮政守信，信达天下。事实上，他在每一个工作日里都会觉得，自己一次次捧起又送出的，其实早在一千多年前就被那个一身宽袍的男人给说透了：烽火连三月，家书抵万金。埋在唐朝坟墓里的这个姓杜的诗人还说过另外一句：国破山河在，城春草木深。

和别的邮差不一样，陈看见每天打开邮筒时，虽然看似若无其事，但眼光却是异常的审慎。谁也不会知道，陈看见是在留意，这其中是否有写给自己的信件。当然，还有另外的一个原因是，他在寻找写给一个名叫谢宽生的男人的信件。也只有他知道，谢宽生永远没有可能收到那样的信件。曾经有过很长的一段时间，陈看见十分关心有关国军88师的任何消息，特别是这支部队的去向。

这天中午，在居民区弄口写有"秋风渡"的那块石门楣下，陈看见将温热的摩托车熄火又拔出钥匙转身时，看到程婴像一盘安静的水仙一样出现在他的眼前。

程婴的手指在空中举着一枚崭新的纽扣，睫毛下的双眼像是带领着一条清澈的河，正望着陈看见白色衬衣的下摆。陈看见于是明白，她那天肯定是发现自己的衬衣缺失了一颗纽扣。

程婴坐在阳台上缝纽扣的时候，在她手指间游走的针线像是带动了一束河水上的光。但阳台上却出奇的安静。陈看见那时觉得，他无比喜欢这样没有一句语言的生活。

程婴最后用细碎的白牙咬断线头时，抬头对着陈看见浅浅地笑。陈看见于是竖起拇指，朝她弯曲了两下。但程婴却笑得更深入了，她示意陈看见，手是要在胸前收紧，握成一个拳头的。程婴这样抬手的时候，宽大的袖口就从手臂上滑了下来，陈看见发现，在她露出的粉色肌肤里，几根细小蓝色的血管清晰可见。

后来，程婴从旗袍的侧袋里掏出一封信，她拿起陈看见的纸和笔，忙碌地写下一行字说：这信该往哪里寄？你能帮我吗？

再次见到信封上那个熟悉的名字时，陈看见在心里说，谢宽生，你真有福气。

夜里，陈看见骑上摩托车，走了很远的一段路，直到离自己的邮路相隔差不多有半个城市后才将怀里的一封信投入一个黄色腰线的邮筒。但这并不是程婴的信，里头也只是一张空白的信纸，只有陈看见自己知道，收信人要让熨斗在信纸上走过后才能看清隐藏在其中的文字。

信是寄往重庆的，地址是嘉陵江畔朝天门码头的海半仙川菜馆。陈看见在其中的署名是自己沿用了三年的代号——孤星。作为军统上海线孤军作战的情报联络员，陈看见告诉他们飓风队的队长陶大春，他一直在观察那个曾经救过自己的男人，最终发现此人竟是特工总部下属东亚研究所苏三省的手下，也就是军统上海区的那个叛徒。但陈看见却始终觉得这个叫刘山明的男人不像是卖国求荣的汉奸。

你知道，他们都是狼，但刘山明骨子里却像一只羊。陈看见对陶队长说，这让他想起之前绑架自己的那个孔武有力、复姓诸葛的男人，他相信答案会在诸葛怀疑他私藏的那封信件里，但事实上，他的确从未见过那封信件。

陈看见再次跨上摩托回到秋风渡时已是半夜，推开那扇木门，空气中依旧残留着程婴头发洗过吹干后的那股香。收拾钢笔时，他又见到了程婴写下的那行字，心中于是有了一丝怅然和忧伤。就像一场消失在凌晨的淅沥春雨。这繁华而忧伤的上海，又有谁能知道88师的残部如今身在何处？

陈看见后来能做的，只是在灯光下欣赏起程婴娟秀的落笔。他想，如果没有这场战争，上海人是不是会嫉妒程婴和谢宽生幸福得一塌糊涂的生活？

9

在荒木惟的眼里，苏三省就是自己在上海踏破铁鞋无觅处的那匹狼。他十分庆幸自己的帝国组织能将苏三省野性的双眼和尖利的狼爪一同收于旗下。荒木惟喜欢苏三省这样精力充沛的男人，虽然在蛰伏时像是叛逆又委屈的孩童，但只要鼓声擂起，他即刻就像一支箭一般冲将出去。这么说来，他之前的静默其实是一种养精蓄锐，就像惊蛰天过后在洞穴里醒来的毒蛇，尖细的牙缝里蓄满了之前整个冬天的毒液。

苏三省最近的表现虽然是乏善可陈，但荒木惟想，会有一个突破口的。既然狡兔有三窟，猫有九条命，那么狼性十足的苏三省总会开辟出属于他自己的密道。思想的花朵开始绽放时，荒木惟喜欢让自己沉浸在叮咚作响的钢琴声中。他曾经痴迷于自然界所有美好的声音，并且立下宏愿，要让它们在黑白相间的琴键上永生。他也同样会想，如果没有这场战争，自己早就应该坐在帝国音乐学院的教室里。作为那里的一名高才生，他无与伦比的才华必将会令人嫉妒。

音乐使人单纯，单纯得只剩下遐想。聆听着手指下如山野里溪水流动般的音符，荒木惟仿佛觉得自己登上了一个一览众山小的高度。放眼四周后，他突然发现，自己竟然开始对踩在脚下的中国间谍组织——国民政府军统局——心存感激。如果不是因为军统，怎么会有苏三省这样的人才？他甚至还对军统局烙印在苏三省身上的严明作风心存敬畏。曾经有一次，因为自己的手下沉浸于女色而错失了对舞池中嫌疑人员的跟踪和围捕，苏三省即刻举起枪口射向了这名手下的裆部。荒木惟记得，苏三省那时吹了一口依旧冒烟的枪管，说，与其留着，不如废了。

也就是从那一天起，苏三省给自己的手下定了一个规矩：遇到紧急集合，所有在场人员的到位时间不能超过30秒。

而就在昨天，苏三省踩着厚重的地毯走进荒木惟的办公室，他在简短的汇报里立下誓言，一个星期之内，必将让自己的工作打开又一个缺口。

荒木惟于是将一盏刚刚泡开的龙井递到苏三省的手里，又目光温和地说，是不是仙境一般的香味？

苏三省略显错愕的眼神摇曳在碧绿茶水的波纹里，但荒木惟的声音却依旧饱含着憧憬。他说我仿佛见到七天后的你，就如这一片片慈祥的叶子般，愉快地舒展开手脚。

陈看见闯进朱几眼里的那天，朱几突然就有了一丝欣喜，他说陈先生你是要将那封信给我了吗？

但陈看见却摇头,喝下一口水后说,你是我恩人,我知道一封信和一条命相比孰轻孰重。目前为止,我没有骗过你。

朱几于是又很快问,你怎么知道我住这里?

你好像忘了我是这条路上的邮差。我沿路送信时,几乎每天见到你。只不过,陈看见犹豫片刻后说,你的眼里似乎没有上海的市井众生。

陈看见来找朱几,为的是要告诉他,大街上有个女人,正在到处张贴寻找刘山明的启事,见人就打听。

如果我没记错,你就叫刘山明。陈看见说。

朱几的心头咯噔了一下。但他又在恢复平静后瞬间展露笑容说,你说大上海的市井众生,叫刘山明的男人会不会还不止十个?

是不是你我不能打包票。陈看见从邮袋里掏出一页纸说,你自己看,反正糨糊还是湿的。对方苏州口音,寻找绍兴来的刘山明。

谢谢你的热心,朱几依旧笑着说,但还是那句话，跟我没有关系。

待陈看见的摩托声在耳膜里走远，朱几猛地从凳子上弹起，一阵风一般地冲到了门外。

事实上，在得知对方是苏州女子的一刹那，朱几顿时就感觉误入一个山洞般的漆黑。在之前的那条船上，同是绍兴老乡的刘山明曾和朱几有过一次对话，他说我真羡慕你，有沈阳在身边一直陪着。

那你呢？朱几问。

其实，我也有个相好的，是父亲生前定下的娃娃亲。刘山明用自己的袖口来回擦拭着诸葛队长刚分配给他的那支枪，又说，但是她远在苏州，听说她是中秋后的第二天，也就是八月十六出生的，家里人于是都叫她石榴。

刘山明后来笑道，他们排过八字，说是和我很配。但我觉得他们肯定是排错了，你说我哪里有钱去娶她？

朱几拍拍刘山明的肩膀，说这跟钱不钱的没有关系。等哪天胜利了,我和队长,还有沈阳,一起陪你去。咱们一路坐船,走水路把她接去绍兴。

是的,等等吧。刘山明说,我们应该会胜利的。

10

朱几是在众人的指点下一张张地揭去街市上的寻人启事,撕碎后又将它们扔进一个油条烧饼摊的火炉中。但他的眼里却始终没有出现那个可能是叫石榴的女人。

站在那个十字路口,朱几朝着四个方向不停张望。路灯将要亮起时,整个下午一派焦急忙慌的他,最终在这个黄昏陷入了茫然。

几天以后,朱几才知道,就在同样的时间里,五条街外的大方旅社,站在登记柜台里的老板正摘下身后307房的钥匙,将它交到一个女人的手里。老板那时愁容满面地说,姑娘,恕我冒昧,你都欠了六天的房租了。本店小本生意,你看是否高抬贵手?

你们上海人的精,是精在骨头里。说是让我高抬贵手,心底里是叫我抬脚滚蛋。少不了你的,女人又说,叫伙计再去给我来一斤绍兴黄酒外加两个小菜,老娘今天贴了一天的传单,累也累死了。

老板瘫坐在身后那顶破旧的皮沙发上,眼中的无奈倒像是遇见了一个债主。他说我求求你了。

苏三省的司机阿亮找到晃荡在街头的朱几时已是第三天的中午。踩下刹车的那一刻,阿亮从车窗里探出头道,刘山明,你这两天里跑哪儿去了?

而此刻的东亚研究所里,苏三省正在办公桌后百无聊赖地修剪着自己的指甲。在过去的一个小时里,他已经厌倦了身边一个女人的喋喋不休。为了排遣她满口的琐碎和无聊,他只能装作一副饶有兴致的样子,和不停说话的女人偶尔对望一眼。但在脑子里,他其实是在思考着眼前的这张脸和一位名叫李小男的女人的区别。

李小男是明星公司的一名临时演员,苏三省正在热烈地追求着她。苏三省喜欢的就是像李小男那样娇弱但却大大咧咧的女子,虽然她的肠胃不好,经常因为突发胃病而住院。想到这里时,苏三省问自己,等下去病房,自己是该给李小男送一束花呢还是一碗海鲜瘦肉粥呢?

其实只要你有心,给女人送什么都好。苏三省这么想着的时候,对面的女人突然就说了这么一句。

你什么意思?苏三省将身子坐直了问道。

你没听我刚才的话呢。女人说,我是说这么多年,他们刘山明家从来没往我们苏州送过礼。

哦。你是说这个。苏三省应道。

官爷,我也坐了这么久了,不能耽误你修指甲。既然你们也帮不了我,那我还是走吧。女人从椅子上抬起屁股时,苏三省看到她的一双大脚已经迈向了门口。

站住!苏三省叫道。

话音未落，虚掩的门就被推开了，闻声的阿亮和朱几在门框下怔怔地收住脚。

苏三省于是摆手，神情沮丧地说，进来进来，说的不是你们。

你们是去替我找人了吗？背对着苏三省，喋喋不休的女人弯腰侧身着给阿亮让出一条道，又对着阿亮身后的朱几热情地笑。

苏三省好奇地望着朱几。

那一刻，朱几颓丧地迎向苏三省的目光。他看见苏所长的背后，正午的一缕阳光正挤进厚重的窗帘，一路开疆辟土，笔直地打在自己的右肩上。

所长，我可以说句话吗？

就是在等你呢。苏三省举起的指甲刀正好停落在从他背后冲出的那缕阳光中。刀尖的反光即刻刺痛朱几的双眼，他抬起手掌将它们挡住，又转头将闪烁的目光落到女人的脸上。他像是镇定片刻后才一字一句地说，石榴，我就是刘山明。我也在到处找你。

司机阿亮记得,那一天,惊慌的石榴一步步退回到身后的椅子上,她迟疑地坐稳后,应该感觉到身下还保留着自己刚才的体温。阿亮于是莫名其妙地笑了。

二十分钟后的东亚研究所铁门前,朱几指着对面的车站说那里有电车,回家9站路。但石榴却望向身后车库里擦车的阿亮,她说我想坐那部轿车。朱几叹了口气说,那不是你坐的;正要往前迈步时,他又发现踩着高跟鞋的石榴已经颤巍巍地转身,一路咯吱咯吱走向阿亮,嘴里还说,这位兄弟,送我们一程如何?9站路……

后来,两人最终坐上的是一部黄包车。颠簸的路上,朱几抖落身上的汗珠,吐出一口长气后才在心里说了无数次的谢天谢地。总算还好,他想,幸亏刘山明没有见过石榴的面。

哎呀,我差点给忘了!石榴这时突然叫起道,师傅,前面先拐弯。又转身对朱几说,去趟旅社,你得把我欠下的钱先给还了。

这么说完时,石榴才满眼开心地晃荡起手腕处的那个坤包。

事实上,除了一张手帕和一支涂到底部的口红,石榴的坤包里空荡荡的别无他物。但她觉得,自己连续两个月的霉运总算是走到头了。她于是提醒自己,等付了大方旅社那个眼珠子长得跟算盘子一样的老板的钱,一定要先吃一碗馄饨。她太喜欢弄堂口的那家馄饨店了,葱花香味里,馄饨的面皮那样柔滑,多少精细的肉末啊。但不能吃得太急,那样会烫了舌头,也会让上海人看了笑话。还有,回家之前是要买一盒百雀羚的,就是电影明星胡蝶做广告的那一款,只需手指轻轻一挖,提到脸上那么一抹,就是对皮肤很管用的。

差不多是同样的时间里,前往同仁医院看望李小男的苏三省眼望着车窗外一排排后退的法国梧桐,他像是随口对着阿亮问起,你刚才接上刘山明的时候没提那女人的事吧?

队长，我知道不能提。阿亮手持方向盘，在前方交通警举起的红牌前缓缓踩下刹车，又说，队长你不晓得那女的有多笨。

他还是习惯称苏三省为队长。

前面的先施公司停一下，你去替我给小男买一瓶三星花露水。

苏三省说完，将双手枕到了脑后。

11

朱几回家面对的第一个问题是,他得和石榴同房过夜。

横在卧室里的那张沙发,之前的主人应该是通过窗口吊进的。朱几试过两次,怎么横竖又如何歪斜都无法搬得出去,门框实在是太窄。

要是有斧头就好了。一起忙碌的石榴擦去一把汗说,干脆砍掉两只沙发脚。

朱几绝望地瞪了她一眼,弯着腰身不停喘气。

一看就知道,你没干过粗活。石榴让自己的双眼走过房间的四个角,又说,总之床是要留给我的，你睡哪里你自己看着办。你也别想碰我，我不是那么随便。

朱几最终在卧室外的阳台上坐了一宿。天光从黄浦江的头顶露出时，双眼浑浊泥泞的他感觉自己像是一条无家可归的狗。他于是对自己说，沙发是今天无论如何也要买下的。推开门正要出去时，石榴却从床上弹了起来，她说等一等，你不能把我一个人丢下！

这个清晨，石榴又吃上了另外一家小吃店的馄饨。她抹着嘴皮说上海的馄饨都很不错。待老板收了钱走远时，石榴才在朱几面前垂下眼皮说，我要是不跟着你，口袋里连这顿早餐钱也付不起。

石榴手里的调羹搅动着碗里剩下的馄饨汤，碗沿被她叮叮当当敲响时，朱几就没法不想起这个城市里的沈阳了。他想，此时的沈阳，应该也是在收拾着顾客留下的碗筷吧？

令石榴感觉奇怪的是，她那天和"刘山明"买好沙发时，如果不是"刘山明"在半路上的坚持，木板车其实完全是可以走一段近路的。她后来又想，难道是因为那家煎饺店？

而朱几却不会忘记，他那天想要见的沈阳，肚皮是更加浑圆了，她走起路来已经显得很是困难，一只手得时刻扶着桌沿或是门框。她走到门口送走一拨客人时，似乎还望了一眼头顶门楣上的那四个大字。那时，大红横幅的一处边角正被一阵风轻轻卷起。

当然，如果不是因为那天远道经过普恩济世路，石榴觉得自己也就不会在亚尔培路的路口望见那部黑色的福特小车。而当她提醒"刘山明"时，她记得"刘山明"原本凝固的眉头突然跳了一下，像是刚在昨夜的一场梦中被惊醒。

那的确就是苏三省的车。苏三省拉开车门，侧身坐进驾驶室时，回头望了一眼身后的四周。随后，在朱几视线中的另一侧，一个男人也踌躇着拉开车门，坐上了副驾驶的位子。

朱几就是在这时叫住了师傅，他说走累了吧？

先停下抽根烟。

从口袋里掏出一包三炮台，又抽出一根烟递向车夫时，朱几的双眼始终没有离开福特轿车的后窗玻璃。而苏三省身边的那位男子，也一直没有摘下过深盖在头顶的礼帽。朱几知道，他之前没有见过这名男子，他于是很想看一眼对方的脸，哪怕是记住他的身影。

但抽完烟的车夫却不想再等，他催着朱几赶紧上路。

朱几只得摸出一把钞票，低头抽出两张向他送过去说，耽误了你工夫，我给你加钱。但也就是在这时，他隐约听见了福特轿车发动机点火的声音。待他将剩下的钱塞回裤袋又抬头后，苏三省的车已经在两根排气管吐出的浓烟中走远。

当晚，客厅里的朱几早早地躺上了新买的沙发。石榴后来对他说起你好像在躲着你们队长时，听到的已经是他轻微的鼾声。

事实上,朱几并没有睡着,他无法忘记这一天亚尔培路上的苏三省和那名陌生的男子。此后的梦里,他又看见自己急匆匆奔走在回大壶春煎饺店的路上,望见他的沈阳顿时一阵惊恐,想要套上一块门板将他拦住时,却在柜台前踩了一个滑。眼见着肚皮饱满的沈阳将要完全坠落时,梦中惊醒的朱几猛地坐起了身子。擦去身上的冷汗后,朱几才想起,就在刚才的梦中,沈阳举起的门板上写着四个字:汉奸叛徒!

朱几在第二天的清晨倒是睡得很沉,他甚至没有听见窗外那阵摩托车的轰鸣声,门板后来被敲得跟擂鼓一样时,他拉开一条门缝,挤进来的却是陈看见的一张脸。

那天,陈看见望了一眼沙发上卷曲的枕头说,原来你睡这里。

朱几回头整理起沙发,又转身盯着陈看见清爽的衬衫说,陈看见,你还有什么东西没有看见?

但陈看见说,我早就看见嫂子很漂亮。

12

婚礼过后没多久，秋海棠就在一天夜里消失了。沈阳在没有月光的天空下套上门板时，又捧着肚皮久久地望着眼前异常清冷的街道。此后，她又在忐忐忑忑和渐渐冷却的希望中足足等了三天。她那时想，这就是命，是她和肚里踢了自己一脚的孩子共同的命。

所幸，她还是等来了秋海棠回来的那一晚。

但秋海棠却没做过多的解释，他只是坐到沈阳的跟前，拉过她的手放进自己的掌心，又眼里安静地说：从现在开始，我们都要保守一件秘密。

卧室里的沈阳后来听见秋海棠卸下门板走出煎饺店的声音,但没过多久,他人就回来了,脚步声随后在厨房里响起。

忙完一切的秋海棠重新回到沈阳的身边,他说,记得门口附近的那台公用电话吗?

沈阳用力地点头。

秋海棠又说,现在,我们厨房的暗角里也有一台电话,它就串接在那台公用电话上。以后,如果有需要,我就会在夜里的十点去厨房里接起它。这就是我们的秘密。

沈阳在秋海棠月色般的视线里再次用力地点头。

事实上,秋海棠曾经跟沈阳说过,在他每个星期三的当班日子里,差不多是上午九点的样子,电车由东向西经过凯司令咖啡馆的门口时,他都会朝着背后的车厢喊一句:"都闻一闻全上海有名的凯司令咖啡吧,再走几步路,你们就来不及了。"也就在这时,或许就有人走到车头前,对着秋海棠打问说:"师傅,去苏州河是坐你这趟车吗?"秋海棠于是就笑了,他说兄弟你坐反了。又掏出一张折叠好的电车线路图交给对方说:"你自己看图。"

沈阳于是知道,秋海棠和中共地下交通员的一次次接头,就是通过这样的方式,将藏在电车线路图里的情报送到了各自的手里。

但沈阳并不知道,秋海棠其实还有另外一条情报线路,那是在他们电车公司的换衣间里。存衣柜背后的墙壁处,属于秋海棠的9号柜子的那个位置是被打通的,对方可以在合适的时间里拆下墙砖,从另外一头取走秋海棠的留言。

整个英商电车公司,谁也不知道秋海棠的真正身份。但每个同事都清楚,秋海棠是一个不折不扣的孝子,为了给母亲治病,他甚至托友人从国外带回一支药膏,又每天回家一趟替母亲涂抹。秋海棠母亲的右手是没有食指和中指的,对她来说,涂药膏是一件困难的事情。

同事们还清楚,当初为了送儿子上学,秋海棠的母亲郑国姿在昏暗的油灯下为先施公司的百货衣帽部纳过堆成山一样的数不清的鞋底,直到一双老眼再也看不清油灯头顶的火苗。

秋海棠也永远记得,那天回到家时,母亲转动灰白的眼珠,一双手异常慌张地在空中打开,她说,海棠海棠,你在哪里?妈怎么看不见你呀。那一刻,秋海棠抓住母亲皮包筋骨如雀爪一般的手,扑通一声跪倒在老人的跟前。

又过了十五天,黄浦江上就响起了隆隆的炮火。顶着溃散的人群,秋海棠背着母亲跑过了苏州河上的外白渡桥,跑过了杨树浦,又沿着怡和路一直来到汇山码头。澎湃的江水前,秋海棠眼见着日军旗舰出云号上呼啸飞出的炮弹在夜幕下拖出一根长长的光尾。那时,紧贴着儿子后背的郑国姿似乎感觉炮声是来自头顶轰鸣的飞机,一双深陷的瞎眼四处环顾后又抬拳捶打起秋海棠的肩头。她说海棠海棠,日本人在哪里呀?

驮着母亲的秋海棠顿时感觉心头的萧瑟如江水般翻滚,仿佛整个上海都在1937年8月的热浪中下沉。抬手转过母亲烟尘密布的脸,秋海棠在失声痛哭中以泪洗面,他说姆妈,黄浦江是在这边,在这边呀!

13

苏三省没有让荒木惟失望,自从那次在梅机关立下誓言后,还不到一个星期,他的行动就见到了成效。

先是共产党的一个地下电台被起获。就在南洋花园和中华书局之间一家经营西洋乐器的琴行阁楼里,一位来自杭州的名叫安娜的女人登上老虎窗正要跳楼时,苏三省一个箭步冲上将她拽住。又在手腕间发力,猛地一扯,嘴里叫道,想死没那么容易。

安娜于是像江浙舞台上的一名凄厉女子,身上被撕扯开的旗袍灌满老虎窗口拼命涌进的风,她的整个身子在空中飞出了那么一段距离,像一只落地的风筝,又重重地掉落在阁楼陈旧的木地板上。

铐起来。苏三省说。

当晚,安娜的电台密码本就被找到,它被发现是藏在老虎窗外的一片徽州青瓦下。

苏三省将密码本送往梅机关时,他觉得自己给荒木惟送去的,差不多就是一首令人喜悦的钢琴曲。荒木惟将琴键上的一双手高高提起,让它们神态安详地栖落在声音碰撞的半空中,仿佛是要等候那串曼妙的音符在四周辽阔的空气中继续飞翔。

但在几公里外的刑讯室里,面对血肉模糊又只字不吐的安娜,朱几却在痛心的同时又止不住地揪心。当苏三省后来抱着一份侥幸之心向安娜打听起南郊孤儿院和颓败的龙华寺的时候,安娜虽然只用一场无边的沉默作答,朱几却就此看见了一场越来越近的风暴。他于是不得不在第一时间给延平路上的老苏州旗袍行第一次发去了一封简短的密信。他在信中说,苏三省最近似乎将注意力移向了南郊的孤儿院和龙华寺，如果那里有我们的人员，得尽快撤离。这封信将要收尾时，朱几停顿了很久，他最终鼓起勇气提出申请，希望组织能给普恩济世路上的大壶春煎饺店送去一双大红绣花的婴儿虎头鞋。他随后又像是羞于启齿地说起，虎头鞋只需悄悄留下就行，就当是某位初次来访的陌生顾客随手遗落下的。

但就在第二天的上午，这封从朱几公寓附近邮筒寄出的信却引起了陈看见的极大兴趣。过去的时间里，陈看见曾经留意过"刘山明"的笔迹。

不由自主地将那封信收起，接下去的几天里，陈看见久久地望着信封上那个地址和商号，在心底里思虑犹豫了很久。

开设在老苏州旗袍行的这个交通站，是诸葛队长牺牲前向朱几提供的。队长告诉他，遇到紧急情况，可以通过这里联系他们鸿雁小组的上线，对方就是男人码头熊。队长说，整个上海，只有码头熊知道，代号"东海"并且手持一枚不列颠女神银圆的，就是他们鸿雁小组最后的种子。

三天后的早上，刚到办公室的朱几便听到了苏三省在楼下吹响的紧急集合哨。一路风驰电掣地到达龙华路与江山路的十字路口时，两台熄火的卡车在苏三省一言不发的视线里足足等候了半个小时。直到一个提着扫把的清洁工靠近苏三省的耳旁私语了两句，苏三省才丢落手中的烟蒂，又昂首理了一把被风吹乱的发丝道：龙华寺，藏经房里的所有人，包括披袈裟的，都给我拿下！

那一刻，朱几的眼里依旧跑动着经久不息的慌乱。他在心底里说，佛祖保佑！

……

也就是第二天的上午，陈看见将胯下的脚踏车踩得比汽车还快。一路上，他在心底里反复诅咒着邮政局里的一名同事。如果不是同事在这一天里借走他的摩托车，为的是带上新结识的女友前往北郊的暨南大学校舍，他此时或许早就堵在了延平路的路口。

脚踏车上的陈看见从未感觉上海有那么大，任凭自己怎样用力地踩踏，延平路似乎依旧躺在无法企及的天边。那一刻，他甚至担心哐当作响的脚踏车会就此散了架，连接前后轮的横档突然扯断开，剩下坐垫上的自己被砸落在康脑脱路的水门汀上。陈看见将绿色脚踏车上的铃铛拨响得像一阵急骤的雨点，仲夏的风在耳旁哗啦啦地吹过时，他的两道目光在街道里河水般的人群中像刀片一样划过。

冲过赫德路上的十字路口，又将教养贫儿院内传出的诵读声给甩过，眼见着延平路已经近在咫尺，陈看见猛地一个刹车，双脚跃落地面时又将脚踏车的前轮高高举起，转过90度后才从空中重重地砸下。

像是一块突然掉落的闸板，陈看见的脚踏车哐当一声挡在了这天上午一直赶路的朱几的眼前。

刘山明，跟我回去。陈看见按压着腹部一阵干呕，瞬间在喉底涌起一股胆汁般的苦水。他知道，身后的老苏州旗袍行离自己只剩最后几百米的距离。从袋里取出那个信封时,他才将之前弯成一把弓一样的腰身支起,说信在这里,我知道你要去哪里。

回头的路上,朱几是在教养贫儿院门口的墙角处突然对着陈看见挥出了第一拳。他说姓陈的你浑蛋,我操你八辈子祖宗!

陈看见丢下脚踏车,双手护住自己的脑门时,朱几的拳头如暴雨般砸下。

陈看见最终如同一只病入膏肓的鸡一样趴蜷在地上。从牙缝里挤出一口惨淡的血水,又张着鹅卵石般肿胀的双眼,他看见狭窄视线中的朱几像是一团继续燃烧的火。重重血光中,他再次吐出一口血水后,才十分困难地说,刘山明,你有本事打死我。

朱几举起地上的脚踏车将要砸向陈看见时,却听见陈看见浑浊的声音又一次响起。他说向天发誓,我只是替你保管着那封信,却从来没有拆过。

陈看见是在这天早上串门时从石榴的嘴里得知,刘山明突然心血来潮地问起她的腰身尺寸,说是要去给她做一身时兴的旗袍。石榴提起茶壶正要给他倒水时，陈看见一把抓起桌上的脚踏车钥匙，整个人像一支射出去的箭一般在门口处消失。事实上，陈看见留下那封信时，就一直犹豫着是否要告诉刘山明：老苏州旗袍行七天前就出事了，那里的老板冲向宪兵队的围捕人员拉响了身上的手榴弹。但直到现在，延平路上依旧安插着梅机关的便衣密探，他们在随时等候着可能出现的接头人。

我知道你是想去那里直接找人，但结果只是多送上一条命而已。陈看见说完这句时，朱几让自己的拳头落在了身边的一棵法国梧桐上。两天前的龙华寺里，他又眼见着四个男人在突围时的枪战中倒下。苏三省踢了一脚掉落在地上的一只破旧的圆口布鞋说，一个个穷光蛋，全他妈的是姓共的。那一刻，朱几恨不得径自冲向延平路，直接砸烂那家废物一样的老苏州旗袍行。

很久以后，陈看见抬起地上满身尘土的脚踏车说，我们都不需要再瞒着对方了，什么身份彼此清楚。我的目标是苏三省，他是我们的叛徒。叛徒就没有理由活着。

又一阵风将头顶的梧桐树叶沙沙吹响时,朱几深深地望了一眼满脸是血的陈看见,他说你从来没有这么邋遢过,今天这事情,我有点错怪你。

好像是命中注定,你的信就是寄过去也救不了那几个弟兄。陈看见最后说,你虽然救过我,但如果下一次这么抡起拳头时,我就不会是这么客气。

14

程婴一直没有等来陈看见告诉她88师的去向,带着那只写好的信封,她在这天上午直接前往了虹口区。阳光凶狠地打在她的脸上,让她的双眼时常感觉一阵晕眩。四川路上,一部疾驶的汽车在她身后来势凶猛地刹住,司机冲出驾驶室后张牙舞爪地将她截住,嘴里叫骂道,听不见喇叭吗?你是不是聋子?!

程婴抬眼,将身子缩小后满脸惊慌地摇头。

过了苏州河,到了邮政总局的柜台前,收发员一看她的信封,忽然停下将要盖落的邮戳说,小姐,你这信是要寄往哪里?88师总得有个地址呀。程婴还是摇头。她那时几乎将整张脸都伸进了窗口,又指指自己的耳朵,急忙抢过一张白纸后才一笔一字地写道:先生,麻烦你大声点,我听不见。

工作人员于是将三个潦草的字写得有馒头那么大:没法寄!

望着工作人员同样无奈的眼神,程婴又听见他凑到自己的耳根前说:战区都成一锅粥了,离开上海的部队就像脱线的风筝,只有蒋委员长知道他们在哪里。

程婴于是掏出坤包中的一堆信封,那是宽生在过去四年里所有的来信。收发员接下后一一看过,又在大理石台板上将它们安静地推了回来。这一次,他没说一句话,只是深吸了一口气便在程婴长久期待的眼里转身离开,脸上是另一种茫然和怅惘。

陈看见在自家楼下将脚踏车的后轮撑起,又擦去嘴角一缕腥甜的血迹。待他抬头时,满脸惊诧的程婴就出现在了他依旧狭窄的视线里。程婴显得那样慌乱,两只突然湿润的眼角似乎在瑟瑟发抖。

接过程婴从坤包里送出的一面方巾,陈看见在阳光下盯着那朵异常安静的针绣桃花看了很久,又笑了笑,将它送了回去。

我只是摔了一跤。陈看见凑到程婴的跟前说。但他又提防着不让身上的污渍和血迹弄脏了程婴那件湖蓝色的喇叭袖衫。

程婴的眼里写满了不相信,又很确定地将头摇晃起。

这天的后来,程婴还是用那条方巾异常小心地洗净了陈看见的一张脸,又端着污水和脏衣直接奔向了水池。凝望着程婴在水池前一直忙碌的背影,哗哗冲响的水声里,陈看见似乎希望眼前的生活就此停驻,直到凝固成一张捧在掌心里的照片。但他那时又想,关于88师和谢宽生,他该如何向程婴开口?

事实上,陈看见在三年前的一次交接班里就收揽了一个来自河南战区的邮包,收件人就是程婴。

作为一名邮差,他太过了解这样一个免费军邮包裹的定义。过去的许多日子里,往往是在送达这样一个贴有军方邮票的包裹时,跨上脚踏车的他才骑出十来米远,收件家属悲天跄地的哭喊就将一个灰白肃穆的上午完全地撕裂开来。

谢宽生是死在兰封的战场上,跟随战亡通知书一起寄达的,除了他每天阅读的泰戈尔诗集、一本战地日记以及夹在日记中的一张程婴的照片,还有一位家住浙江余杭的战友写得歪歪扭扭的一封信。信上说,作为家中仅剩的一名男丁,他那天在给年迈的母亲写信。正在向宽生哥请教一个汉字的偏旁时,一颗炮弹就在空中滑过,宽生哥于是张开双臂将他掩盖在身下。战友还说,宽生哥的钢笔连同那只握住它的手臂被一起炸向了半空,最终被成排的热浪和倾泻的焦土所掩埋。他们花了整整一个下午,也还是没能将断臂和那支派克钢笔刨出。

战友最后说,请嫂子给宽生哥找一块向阳的墓地。要是我能活到胜利后,必将每年都来看他。

叛徒

一转眼，油布缝合的包裹已经在陈看见的衣柜里躺了三年。每次打开那封信，陈看见似乎都能听见余杭战友的泣不成声。许多个深夜里，他洗净自己的双手，又在树影摇曳的百叶窗前虔诚地翻开谢宽生的那本战地日记，对着主人那排颇有柳公权风骨的字体，他小心翼翼地模仿了一个多月的笔迹。字练到最后时，他仿佛觉得，趴在河南战壕里眺望一片无尽月色的就是他自己。而宽生在每一场战事间隙里展开的对程婴绵延的思念，似乎也是自己想要跟程婴说起的每一句话语。

宽生说，亲爱的婴，战壕外冷却的火焰加剧了我对你的思念。两天前，我们断绝了水源。此刻，头顶的月色清冷，而月色下的战地尘烟则更冷，我无法分辨，哪里才是通往上海的方向……

陈看见记不清楚，自己到底给程婴写了几封信。他只记得，最初的几封，他是在盖上河南或湖北的邮戳后直接送往了程婴的住处。但他后来又直接将信件扔进了虹口总局外的绿色邮筒，他希望程婴能有所察觉。

但程婴显然是忽略了其中的疑点。又或许,她根本不会注意这样的纰漏:邮票上的寄件邮戳同样是来自上海。

陈看见后来烧掉了那两枚自制的邮戳印章。那时,他甚至有一种冲动,想要去当着程婴的面将它们烧毁。

石榴终于将附近可以找见的馄饨摊几乎全给吃遍了。一般情况下,她会先将手里的那个坤包扔在桌面上,拉出一条四方凳坐下。老板上前,盯着她坤包拉链上新扎的一朵茉莉花道,小姐,两碗馄饨?

石榴满意地点头,说带葱花的那碗不放辣,剩下的一碗来个榨菜虾仁馅。然后她又俯身,将眉头皱起道,不是我说你,桌子早该擦了,你看这么多的灰尘很不卫生的。你要是脏了我的脸,我又得抹一次百雀羚。

四马路上的麻将馆,石榴是再也不会去了。如果不是因为那次偷牌被庄家发现，她也不至于沦落到四处寻找刘山明的地步。要知道，石榴在苏州打牌是一路赢过来的，那时她几乎用不着偷牌，好牌常常是手到擒来。她随手抓过麻将牌在眼前滑过，拇指一竖，啪的一声说，姑奶奶胡了。

的确，石榴在苏州的家族辈分是很高的，与她同龄的，基本得叫她姑奶奶。那时候石榴在牌桌前蘸着口水点起钞票，对着眼前的一帮女孩，就那么一张一张地分过去，嘴里说，姑奶奶今天手气还是好，拿去选胭脂买牙粉吧。

但石榴的手气也就是好到那一年的8月。石榴记得，那天也正好是16日。每个月的16日，她都特别顺，赢钱多。但日本人的飞机似乎是找准日子第一次出现在了苏州城的上空。炸弹像一堆堆牛粪一样落下时，麻将桌前的牌友就顷刻间鸟兽散了。石榴于是抓起一把麻将牌朝着空中甩去，她说狗日的鬼子信不信我砸死你。

三个月后，中尉排长马超群的那支队伍像是在城门下的螳臂当车,日军第九师团在扔下70多具士兵的尸体后便气势汹汹地踏上了苏州城的大街。石榴记得,北寺塔的香火里,不少国军的伤兵被日军浇上汽油后活活烧死。

寒山寺的夜半钟声依旧在一派苍凉的月色中敲响。石榴咬咬牙说,那是送终的钟声。

令朱几诧异的是,来到上海的石榴,花钱的速度不比苏州客船下的流水慢。石榴出去买一瓶酱油,胜过朱几买一斤猪油。石榴还几乎每天都要看三四场电影。大世界电影院的经理是不是答应你入股啊?朱几那天问。又板着脸说:我也没钱了!

你是要留着钱去大壶春吃煎饺吧,别以为我没看出,买沙发时,眼睛跟老鼠似的盯着人家老板娘。石榴吐着嘴里的瓜子皮,说你也不打着灯笼照照,人家早成亲了,肚子也怀上了。

朱几抱头,无计可施地跌坐在客厅里的那条沙发上。

没钱可以去借。石榴又说,要不我去找你们苏所长借，你下个月的薪水给补上。

石榴有十足的把握，只要一提苏三省苏所长，"刘山明"就会掏出袋里剩下的哪怕是最后一张钱。

朱几后来说，姑奶奶，我是不是上辈子就欠你的？

从朱几嘴里说出的姑奶奶三个字，让赤脚踩在地板上的石榴怔呆了一刻，但她随后又说，姑奶奶我觉得你心里有女人。

一心要钱的石榴那天在和朱几别扭过一阵后就再次想起了大壶春的煎饺和那里的老板娘。但当她到达普恩济世路上时才发现，这里的煎饺店却不知哪一天已经关门大吉了。

难道是去产房了？石榴心里想。但奇怪的是，连大壶春那三个字也都被摘掉了。石榴后来向旁人打听时，才听见邻居说，店铺已经退租，那对夫妻上个星期就搬走了。

石榴在那两块合上的门板前想了很久，囍字已经不见了。她在嘴里说，之前没听说她要关门呀。

又在心里问自己,关心那么多干吗?真是太累!她于是就转身叫了部黄包车,让车夫载着她直接前往静安寺路上的仙乐斯舞厅。石榴觉得,在那样一个开放着冷气的舞池里,跳跳伦巴和恰恰倒是蛮有派头和情调的。但她还是没有忘记,煎饺店的那个老板娘姓沈,"刘山明"的抽屉里像是有过她的一张照片。她之前去那里吃过好多次煎饺,也在和老板娘的搭讪里知道她的男人似乎是开电车的。

但他们俩没有夫妻相啊,石榴想。

15

陈看见开始隔三岔五地来找"刘山明",每一次,他都想着法子支开石榴。他说他要尽快除掉苏三省,就等"刘山明"给他提供准确的消息。

地不分南北,人不分男女,抗日锄奸人人有责。陈看见说,你们延安的新华电台,也在天天叫嚣着什么民族统一战线。

这话你去讲给遭遇皖南事变的新四军听。朱几说。

这事你得去问重庆。我在上海,只对付两种人。

是像我们这样的赤匪,然后是支那派遣军?

你错了,陈看见说,一是汉奸叛徒,二是日本人。苏三省是汉奸中的汉奸,叛徒中的叛徒。

事实上,朱几也巴不得除了苏三省。如果不是这个自命非凡的男人,安娜以及龙华寺里那四个弟兄的命运就会改写。只要苏三省还在,保不定就有更多战斗在上海的不知名的弟兄会撞上枪口。但要让朱几去了解苏三省的行踪还真不是一件容易的事,他缺乏这样的机会。

朱几后来在暗自思忖时想起了石榴,他突然记起石榴说过,说苏三省曾经带着李小男出现在仙乐斯舞厅。他后来像是和石榴随口聊起此事时,就得知了李小男即将到来的23岁生日。

然后日子还是一如既往地向前推进。到了11日的这一天,准确地说是要等中午过后,就先后发生了两件令人记忆深刻的事情。

首先是这天中午的时光里,静候在阳光下的朱几终于在弄堂口里等来了摩托车上的陈看见。朱几说明星公司在六大埭的那个片场你认识吧?那里有个演员叫李小男,她明天就要过生日,苏三省的司机会接她一起去仙乐斯舞厅,苏三省在那里订下了一个包间。

现在的问题是,苏三省会在哪里上车?他是否会去仙乐斯舞厅?陈看见盯着朱几的眼。

我只知道这么多。朱几说,剩下的就看你自己的运气。

陈看见后来将此消息告知已经来到上海的飓风队队长陶大春时,陶大春只说了一个字:干!

回邮政支局的路上,陈看见觉得,这或许会是自己最后一天上班。他看了一眼深绿色的摩托车和深绿色的制服深绿色的邮包,心绪起伏时,他又突然问自己,可是程婴该怎么办?

等他吹起一阵口哨走进分拣室时,曾经向他借过摩托车的同事却将一封从外地邮局转回的死信敲在了他的脑门上,同事说睁开眼睛看看你干的糊涂事啊,明明是一封本地信,你却将它交给了去苏州的邮车。多少时间了呀,这要是定亲的信,人家黄花闺女都熬成老太婆了。

接过那封信，有那么一段很长的时间，陈看见都感觉窗外的傍晚很不真实。信封上的收信地址，恰恰就是延平路55号的老苏州旗袍行。他于是最终明白，寄信人当初肯定是将这封信错误地投进了一个黄色腰线的急件邮筒，而他当时一看到"苏州"两字，也就很自然地把它当作了一封寄往外地的邮件。这一切，最终使得他被认为是私藏邮件而被那个诸葛黄昏捆绑了起来。

12日夜晚的静安寺路上，一直到了十点，苏三省的轿车才出现在守候多时的陈看见和陶大春的眼里。陈看见记得，就在陶大春射出第一排子弹时，刚刚走出后排车厢的苏三省即刻将一束手捧的鲜花撒向了空中。按照之前设计好的方案，陈看见此后射出的子弹是直接瞄准苏三省正前方的路线。就此，陶大春分析过，如果他没有第一时间命中目标，对方肯定是埋头冲向舞厅，因为那里可以藏身的地方太多了。

事实证明，陶大春的判断是错误的。23朵玫瑰在空中散开时，还未等它们纷纷坠落，苏三省就猛地一个转身，双脚腾空，直接跃入了福特轿车的车厢。他同时又抱住正要抬腿下车的李小男，将她的整个身子盖在了自己身下。那时，留给陈看见和陶大春的就只有轿车浑圆的后背。

陶大春一个箭步飞奔向楼下。陈看见知道，他是要冲向轿车尽快结束这场刺杀。也就是在这时，街道的另一个方向却射来了一排密集的子弹。陈看见万万没有想到，仙乐斯舞厅闪烁的霓虹灯下，双手开枪的来者却是两眼镇定的刘山明。从刘山明枪管里射出的子弹，一颗颗落在他和陶大春身边的水门汀上。随后，特工总部东亚研究所的两部卡车就在呼啸声中及时赶到。

这天半夜，睡梦中的石榴被一阵凶猛的敲门声所惊醒。待她起床拉开卧室房门时，她看见冲进客厅的陈看见已经像一头狮子般站在了刚刚亮起的吊灯下，然后，刘山明就说：一定要在今晚吗？陈看见抬起的皮鞋就是在这时一脚将他踢飞。石榴看见抱着肚子的刘山明在客厅里被推出了很远,她还看见那盏简易的吊灯在陈看见的头顶止不住地摇晃。陈看见转身,面对满脸惊吓的石榴时,他来回扭动了一下脖子说,嫂子你先把鞋穿上,再去隔壁吃碗馄饨。我跟他有件事情要解决。

石榴望了一眼墙角处的刘山明,看见他对着自己勉强地点了点头。但她犹疑着还未迈出客厅时,陈看见不想再等的拳头就毫不客气地向刘山明砸了过去。

朱几始终没有躲避。一直到石榴关上门后,他才露出双手护着的一张脸说,姓陈的,我们今天算是两清了。到了这时,陈看见才感觉,这样的挥拳如雨似乎有点乏味。

在陈看见后来的记忆里,那天被打得像死狗一样的刘山明在对他做解释时,竟然始终迎着自己的目光。刘山明还言辞确凿地向他证实:苏三省此前已经安排人员前往仙乐斯舞厅执行现场安保,只不过他的福特轿车比行动处的卡车早到了一步。我于是在到达现场时还未等车熄火就第一个跳下了车,并且朝空中开了一枪。因为我很清楚,你们没有机会了,留在那里就是送死。而我射向你们身边的子弹就是要劝你们回去。

很久以后,两人最终提起了那封由苏州转回的死信。此前的中午,陈看见在朱几的家中坐等了很久,一直到楼下的陶大春摁响摩托车喇叭不停地催促时,他才将信留给了石榴,要她记得代为转交。

我相信,之前我们对你有误解。朱几说,但也请你相信,今天的事情的确就是如此。

16

石榴不会知道,普恩济世路上那家大壶春煎饺店的关门是源于郑国姿引发的一场大火。

事实上,如果不是街坊邻居及时发现,秋海棠的母亲郑国姿在那一晚已经葬身火海。沈阳记得,秋海棠从幸存的母亲身边回到普恩济世路时,眼里尽是失魂落魄。他说看来我得将母亲送去难民营,不能再让她一个人住了。

对郑国姿来说,最近的几年,世间所有的亮光已经都是无谓的摆设,但她在那天夜里却披衣下床点起了油灯,摸着桌角转身时,垂挂在肩头的衣袖就神鬼不知地带翻了那盏新鲜的火苗。又从门口折回时,郑国姿感觉屋里怎么突然就炙热了起来。与此同时,耳畔似乎吹过一阵不知从何而来的风。双手在眼前探出时,空气中竟是异常的滚烫。

闻讯赶到的秋海棠后来抱着全身湿透的母亲,他分不清母亲身上到底是惊吓过度的汗水还是邻居们救火时泼下的自来水,他只知道,抱在怀里的母亲就像是刚被自己从一阵滔天的洪水救捞起。他说,姆妈,你为何需要点油灯?

郑国姿依旧惊魂未定,两片干裂的嘴皮过了很久才恍惚着说起:姆妈隐隐约约像是听见你敲门的声音,我担心你回家看不见路。

秋海棠再次滚下两行热泪。

要不将你妈接过来住吧。秋海棠回到煎饺店时,沈阳给他端去一杯水,站在他身前满脸悯惶地说。

秋海棠的半个身子垂落在那张沙发上,抬头望了一眼沈阳越发沉重的肚皮说,再过一阵子吧,等孩子生下来。或者,我们搬到母亲隔壁去住,前提是，得有一处同样是附近带有电话亭的店铺。

也就是从这天开始，沈阳每天等秋海棠下班后，都靠在床头听他一页一页地念起张恨水的《燕归来》。在秋海棠渐渐饱满的声音里，沈阳听说，杨燕秋本是甘肃难民，逃荒到西安时已近家破人亡，后得贵人相助辗转到了南京，才总算是苦尽甘来。可惜好景不长，养父母先后去世，燕秋不容于义兄嫂，又不愿寄人篱下，于是决定返回故里。秋海棠在接下去的日子里又说，陪燕秋出潼关、渡黄河的原本有四个男人，他们都在追求燕秋。但到了后来，燕秋最为信赖和倚重的石耐劳却最先离去。

秋海棠的故事说到这里时，沈阳在床头翻了个身，背对着秋海棠声音落寞地说，燕秋她是识人不逮。这是命。

还有一天，秋海棠在接送完情报后，回家又给沈阳说起电车上刚刚耳闻的一首儿歌。他说要唱给沈阳肚里的孩子听。

"三轮车上的小姐真美丽，一身都是学生气。

在她身边坐着个怪东西,胖胖的肚子小眼睛。"

秋海棠双手叉腰,顶起肚皮唱出后面一句时,沈阳捂住双眼快把泪都笑出来了。但沈阳欢快的笑容很快就僵住了,她觉得屁股下面温热得一塌糊涂,于是她突然睁大双眼,像是一只饱食过后肚皮圆滚的青蛙,对着天花板叫了一声天哪!

三个小时后,上海西门妇孺医院的产房里,沈阳涕泪交加地产下一名男婴。那时,像是经历过一场生死疼痛的她,似乎有很多往事又在已经平复多时的心里涌起。当秋海棠第二天在病房里喂她喝下一碗糖水时,面对秋海棠如何给孩子取名的征询,沈阳沉默了片刻,等到眼光从身下洁白的床单上抬起时才说,就叫沈不二吧。我希望他日后不要是燕秋眼里的石耐劳。

17

仙乐斯门口的那场枪战后,苏三省第一时间将李小男送回了寓所。车厢里,他几次捧起李小男的双手,说生日可以改天再过,只要你愿意,以后每天都可以庆生。那个舞厅也可以叫小男舞厅。我确保它跟你一样平安无事。

李小男在下车后才对他说,苏三省你刚才的话听起来就像是电影台词,我只晓得,现在整个世界都不太平。

提着李小男的坤包,苏三省追上她的脚步,说小男你放心,这事我肯定会去调查。

李小男后来在弄堂口停下，抢过自己的包说，我到家了。

苏三省怔怔地望着此时路灯下看上去有些昏黄和温暖的李小男，又听见她说，我刚才想过了，其实要太平也很简单。我只要不跟你在一起，就什么都安全。

苏三省后来再次回去仙乐斯舞厅时，看见刘山明和他的一帮弟兄正对留置在现场的人员一个个地进行盘问。刘山明过来给他点起一支雪茄时，苏三省说，今天幸亏有你。

五天后，当苏三省要求朱几当天夜里带队再一次围捕龙华寺时，朱几的一颗心几乎跳到了嗓子眼上。他说，太出乎我的意料了，难道那里还有他们的人？

不要不相信，苏三省说，所谓灯下黑，这或许正是他们的高明之处。他们以为，我们会就此忘了龙华寺。

朱几即刻将一双皮鞋并拢，又声音响亮地说，感谢所长栽培。

我说过,那天幸亏有你。苏三省扔下手中的档案卷宗说,机会给你了,成不成功就看你的造化。

走出苏三省的办公室,朱几觉得必须马上见到陈看见。他又想,眼下另一件刻不容缓的事情是,得无论如何想尽一切办法寻找码头熊。苏三省的情报来源令他细思极恐,他相信,就像陈看见送回的那封寄给老苏州旗袍行转交诸葛队长的密信里所说的,隐藏最深的叛徒就在苏三省的身边。

陈看见那次被阻止的对苏三省的刺杀,朱几其实隐瞒了幕后的部分真相。从石榴手上拿到那封信时,朱几通过显影液后才发现,寄信者告诉诸葛队长,苏三省的手上似乎有一张密不透风的王牌,他可能是秘密拘捕了一名熟悉上海地下网络的中共党员。要排查这个叛徒,唯一的入口就是从苏三省处下手,因为他们是单线联系。此时,家里的电话正好响起,行动处要他即刻一同赶往仙乐斯舞厅。

现在,苏三省是被幸运地救下了,但关于如何查找叛徒，朱几知道，如果没有码头熊的支持，仅凭自己一个人的摸黑前行是远远不够的。他后来又像是灵光乍现地想起，老苏州旗袍行已经不在，那么，藏在龙华寺里的会不会就是码头熊呢？想到这里时，站在第九邮政支局门口那缕风中的朱几，就对这个傍晚还未回来交接班的陈看见望眼欲穿了。在内心里数过记不清到底有多少次的一到一百，远处终于传来一阵摩托车轰鸣声时，他在刚刚亮起的路灯下做了最后一次祈祷。此时，离苏三省定下的行动时间已经不远了。

　　陈看见并没有让朱几失望，在到达龙华寺之前，他将轰鸣的摩托车熄火停下，又脱下身上的深绿色制服。但随后出现在他眼里的龙华寺却是一派颓垣残壁，破败不堪，连那口硕大的龙华晚钟，也像是有着说不尽的哀愁。找到这里的住持时，住持停止手中哆哆敲响的木鱼声，在身后一排摇晃的烛光里向他躬身行礼，又将虎口处的那串佛珠提起在胸前，声音像是在一排茂密的银杏叶间穿过说，施主这边请!

陈看见后来见到的那个席坐在观音阁角落里瞌睡的小伙叫芥菜头,闻听消息后,他面对住持和陈看见,将身子弯成一把虔诚的弓,随后便如一阵吹过观音神像五指间的夜风,转眼消失在上海南郊无尽的夜色里。

陈看见跟随住持走出观音堂时,一阵清凉的钟声正好响起。

当晚九点,载着朱几到达龙华寺的卡车即刻惊醒了树叶间一群睡熟的鸟。踩在那片坚硬的石板上,朱几那时想,经过四年前的那群炮弹后,如今还有几人记得,这里曾是千年梵音洗涤的一方净土?

再次抬手看了一眼沈阳当初送给自己的那块欧米茄腕表,朱几在心中默念了一句:人生是苦,佛祖保佑!又对手下说,心存敬畏,不可惊吓了众僧。

寺庙的窗格上依稀一排火苗的光影,在朱几抖动的视线里,更像是几瓣荷花被风吹动起。当打坐的僧人们起身，双手合十出现在道旁时，走向观音阁的朱几仿佛是踩着一地的苍凉。

推开那扇摇晃的木门，朱几便被一阵透凉到脚底的失望所笼罩。他于是在心底里无数次地诅咒起陈看见。

五六名手下立马上前，抬腿踢倒蹲在火盆前背对着他们的两个男人时，其中一个在倒地后便要拔枪，但几颗子弹瞬间就将他很轻易地解决。朱几合上双眼，仿佛是在观音悠远的注视下向前迈步，一直等到站立在火堆前，他才突然像大梦初醒般地吼道：都愣着干吗？活着的给我铐起来！火盆里依旧在燃烧的档案文件旋即化为乌有，朱几在渐渐冷却的火光里看见，一片片的灰烬如柳絮般扬起。

像是一排消失在江面中的雨点，在朱几后来的记忆中，他亲眼见到文件里的最后几行字被火苗彻底吞噬。他也清晰看见了这样的字眼：诸葛黄昏……代号东海……不列颠女神银圆。

离开龙华寺的路上，面对被铐着的那个男人，车厢里的朱几始终不敢看他一眼。

此后的刑讯室里,朱几握在手中的钢笔始终停落在半空中,任凭手下对着刑架上那具血肉模糊的躯体如何叫嚣,对方都只是紧闭双眼。朱几甚至没有听见他哪怕是一声的呻吟,他像是一具被自己遗忘的毫无知觉的皮囊。

拿锁骨钉来,敲穿他的琵琶骨。苏三省就是在这时气势汹汹地冲了进来,他说,好一个码头熊,我们终于见面了!

那一刻,朱几眼前一黑,手里的钢笔突然坠落。

18

在朱几后来眼光散乱的视线里,他看见被锁在石壁墙上经受琵琶骨穿钉酷刑的码头熊就像一只被撕扯开的螃蟹,也或者是被拉开翅膀钉在墙上的一尾黑瘦的蝙蝠。码头熊是破败而凌乱的,看上去简直就是一堆零件。现在这堆零件死气沉沉,毫无生机,在苏三省离开的脚步声中,码头熊努力地抬起了头,朱几能看到码头熊的一只左眼被血水糊住了。

码头熊说,能不能给我一口水?

朱几的眼前顷刻间蒙上一层水雾。

将手里的那块银圆沉入递过去的水杯中，朱几托着杯底，一直让码头熊喝完了所有的水。码头熊此后抬起头，一阵冷笑着说，黄浦江的水，泥腥味。

不用这么挑剔，朱几说，错过这一口，想喝也没了。又说，黄浦江的水都急着赶路，马不停蹄地要奔向东海。

码头熊冷冷地望了一眼朱几，嘴里挤出一句，叛徒！

秋海棠在第二天得知了码头熊的被捕，早在沈不二出生后没多久，他就和沈阳举家搬迁到了劳神父路上的一家店铺里，母亲郑国姿就住在附近。那天他背对着沈阳，颓丧地竖立在窗口，像是站在沈阳眼里的一棵秋天的树。他又眼望着窗外亮光收紧的天空，平生第一次点燃了一根香烟。

望着秋海棠夹住烟火的指尖不住地颤抖，沈阳取下沈不二嘴里的奶瓶说，是不是经常会有这样的牺牲？

或许是我们的组织有漏洞。秋海棠突然被吸进的烟呛了一口时,被风吹散的烟灰颗粒就飞进了沈阳的眼里。沈阳说,那你也不用这么自责。有些东西,沈阳停顿了片刻说,就连佛祖在身边也没用。那是命。

事实上,就连秋海棠也未必知道,前一天的夜里,离开龙华寺的芥菜头是拼命跑出了很远,才终于在龙华路上那个必经的路口幸运地遇见了正疾步赶回的码头熊。推着码头熊走出了一段路后,芥菜头才在一个黑暗的角落里把该说的话给说完,但码头熊那时却一个转身,扯起芥菜头说,赶紧回去!

芥菜头后来知道,记录鸿雁小组代号东海的潜伏种子的资料,和其他档案一起,被码头熊藏在了观音堂功德箱里的一册《解深密经》的摹本内。

也就是这一天,挂着一根木棍的郑国姿在邻居的搀扶下来到了秋海棠的房里。她还是习惯伸出右手,用剩下的三根指头去一次次地抚摸面团一样柔软的沈不二。她说,海棠,姆妈如今什么也帮不上,还是送我去难民营吧。你们把大壶春分号重新开张起来。

19

苏三省最终没能从码头熊的嘴里掏出半句话语,在征得荒木惟的同意后,他决定让刘山明来执行对码头熊的枪决。

朱几给码头熊准备的那餐断头饭算得上是丰盛,在他的授意下,厨师特意在那个夜晚里温了一壶黄酒。码头熊的胃口也是特别好,看着他一口一口地吃酒,朱几转过身去,抬头强忍住眼眶里打转的泪水。

革命就是隐忍,对于牺牲,我早有打算。码头熊语气平缓得像安静的湖面,更像是在述说着另外一场死亡,他在朱几身后说,拜托你明天枪法好一点。又说,别忘了一起给芥菜头上个香,他是我侄子。当初他以为你是真的叛徒,还在你家煎饺店门口守了十多天。

又一个清晨到来时,就在沪西的一片乱坟堆里,面对码头熊宽厚的背影,朱几先后射出了短枪中的两颗子弹。

按照荒木惟的安排,记录这一幕枪决的照片,被苏三省登在了日本人主办的《大陆新报》上。照片里侧身对着镜头的朱几,抬起的枪口正对着五花大绑的码头熊。《大陆新报》并且配发文字:众多有识人士弃暗投明,致力于东亚共荣,为剿灭顽匪恪尽职守。

为刘山明安排的升职仪式就在照片见报后的第二天。面对着带有黄色三角的青天白日满地红旗帜,朱几久久凝视上面的"和平建国"四个大字,又在众人的眼里做了一场宣誓。码头熊中枪倒地的画面在眼前浮现时,朱几感觉自己的誓言声像是被一片深不可测的木鱼声所覆盖。当晚，他惆怅的身影就再次出现在龙华寺里的观音阁内。

踩着圆口布鞋的住持像一片树叶般飘至身前时，静坐在观音莲花脚座前的朱几已经没有勇气去抬头凝望。

大师，我罪孽深重。朱几将头埋得更低，哽咽的声音飘落在夜风下瑟瑟发抖的垂帘上。

住持转动手里的佛珠说，第一次遇见你，我就看到你眼里的慈悲。佛祖知道你心里的苦。

朱几后来是在莲花座下的一个暗格里掏出了码头熊被捕前准备好的那份留言。就在那餐断头饭的时间里，码头熊对他说过：没想到你就是鸿雁的种子，那份留言里，我已经为你安排好了下一站接头点和接头时间。它也能证明，你不是叛徒。

可是，只有朱几自己知道，在此后更多人的眼里，他已经成了更为确切的叛徒。刑场枪决照片登出后，最为凶险的一次，他曾被几个枪手堵截在一个菜市场的出口处，就在那几声细碎的枪声里，他刚买好的两条鲫鱼掉落在地上慌不择路地上蹦下跳，像是要紧锣密鼓地游回残存在记忆中的那条辽阔而水汽氤氲的河里。

当他狼狈如一只斗败的公鸡，拎着那个被子弹穿透的皮包走进苏三省的办公室时，苏三省却开心地笑了，他说这个世界很奇怪，就是有人看不惯你走阳光道。众叛亲离，活在他们的唾沫里，这样的生活我早就已经习惯了。现在，你也一样。

沈阳就是在大壶春煎饺店分号新址开张的那天见到了报上的那张照片。正在空旷的桌椅间收拾碗筷的时候，顾客留在桌上的那张报纸在她眼里一闪而过。将那张照片举到眼前，她几乎可以认定，被枪杀的就是秋海棠曾经提起的那个在龙华寺里被捕的战友。而那个举枪瞄准的男人，沈阳则希望这辈子再也不要遇见。她也似乎在那一刻才醒悟，《燕归来》里的那个面目可憎的男人，张恨水是故意让他姓上了坚如磐石的石，又为他取名耐劳。

秋海棠也就是在这时发现了心绪不宁的沈阳，他抱着沈不二上前时沈阳就收起了手里的报纸，却在恍惚间不知该将它搁在何处。

三天后，当一个踩着高跟鞋的女人走下黄包车步入煎饺店时，望见她手上那个在拉链上扎着一朵茉莉花的坤包后，沈阳终于想起，她是之前普恩济世路上的一位老顾客。

女人见面时环视着店内的陈设，目光闪烁地说，老板娘还记得我吧，原来你的煎饺店是新开到这里了呀。沈阳笑笑。一阵寒暄后，她又仔细看了一眼对方抹过百雀羚的一张脸，心里想，好端端的，为什么也姓石呢？

那天回去的路上，石榴都忘了叫黄包车。高跟鞋在清冷的路面上踩过时，她有几次都差点崴了脚。就在刚才，她抱过从沈阳手里送出的沈不二，令她恍惚的是，孩子的一张脸她竟然像是早就见过。

20

那天,程婴的前脚刚迈进陈看见的家门,石榴噔噔噔的后脚就踩上了程婴身后的楼梯。面对眼前一下子显得拥挤起来的房间,陈看见突然觉得这个上午似乎有点奇特。

程婴对着两人局促地笑,又弯腰拖出一条骨牌凳摆到石榴的跟前,自己却无所适从地站立着。她随后又将眼光落向窗外的阳台。晾衣绳上,陈看见在这个早晨里刚清洗过的两件衬衣在阳光下蒸腾着水汽,程婴似乎能闻到空气中肥皂的气息。她于是转身,满脸赞许地对着陈看见竖起了拇指。程婴觉得，陈看见应该是整个上海最爱干净的一名邮递员。

嫂子，她是我邻居。陈看见坐下又站起说，可惜，她言语不方便。石榴于是对着程婴笑得有点尴尬。

程婴后来将要说的话写在了纸上，她是要陈看见帮她买一张去武汉的船票。她说她要去找宽生。

陈看见于是告诉她，船票买了也没用，71军或是88师哪怕还是在武汉的周围，她最终也只能空对东流的长江水。

程婴后来在茫然间拿出宽生写给她的所有信件时，石榴也将它们一封一封地翻过，她是在看到最后时对着程婴叫起：不对啊，你男人在上海呢。石榴又指着信封上的邮戳，凑到程婴的耳旁说，这些都是上海本地邮局的盖章。

程婴似乎依旧无法在一时之间明白，一双无助的眼再次望向陈看见时，这个给自己送信的男人却已经转过身去，脚步沉重地一直走向远处的那个窗口。陈看见后来又打开柜子，将那个保存了三年的包裹交到了程婴的手里。但除了磅礴的眼泪，陈看见并没有听见程婴的哭泣声。世界安静得像死去一样。

一直到这天的中午时分,愧疚难当的石榴才向陈看见说明了自己的来意。她是想让陈看见在邮局里帮她给苏州老家汇一笔钱。

字我是认得的,石榴说,但却是手硬,怎么写也写不像,我就怕给寄丢了。

陈看见后来十分惊讶,石榴怎么会有那么多的一笔钱。

这事,你得瞒着刘山明。石榴说。

又说,这么长时间了,我好像越来越看不懂他。

事实上,石榴这几天里的疑惑是越来越多。就在昨晚的仙乐斯舞厅里,几个和她一起在那里陪舞的姐妹竟然也提起了大壶春的煎饺店,她们说劳神父路上的那家是全上海味道最好的。然后,李小男就走了过来,她说劳神父路上的那家煎饺店你们还是少去为好,我看说不定要出事。

我们去吃个煎饺又能出什么事的,其中的一个舞女说,李小男就连你上次也只是虚惊一场嘛。李小男于是就说,那就当我没说。

送走石榴后,陈看见又去了程婴的家,但任凭他如何敲门,程婴却始终将自己锁在房里。站立在门口的陈看见后来想,总是要有这么一天的,这样也好。正要转身离开时,程婴却吱呀一声将门打开,陈看见发现,满脸苍白的程婴已经在头发间别上了一朵玉兰花。

这天后来漫长的时光里,关于石榴的寄钱,以及她临走前说的那通话,让陈看见在家里想了一晚。第二天一早,他觉得自己必须跟刘山明见一面。倒不是因为钱的事,而是他担心刘山明的身份被口无遮拦的石榴看穿。

当陈看见站在朱几的面前,说了关于石榴的种种后,朱几于是明白,石榴那么长时间里向自己要的钱原来是都给积攒下来了。但他也有另外的疑问,他昨天见到了石榴掉在床头柜下的一张标着苏州摩登照相馆的照片,那是站在苏州城里的另外一个长相清秀的女人,而照片的背面却写着:"姑奶奶留存"。署名者却是石榴。

朱几后来推断,石榴是在昨天找出那把私存的钱时,将藏在一起的那张照片滑落到了地上。

21

只有荒木惟知道,苏三省几乎每个星期都能收到一次线报。他同时清楚,苏三省在过去日子里发掘起获的所有地下潜伏力量几乎都与这个秘密线人有关。荒木惟有理由相信,这个线人是被苏三省拘捕后又未曾公开的中共上海组织地下成员。但他并不认为苏三省此举是对自己的冒犯,他只是觉得,苏三省的骨子里是过于自负了。他也由此会偶尔担心起苏三省,他想,仙乐斯舞厅门前的那次刺杀并不是偶然。

那天,当苏三省向荒木惟躬身汇报,又有一条大鱼将要落网时，审视着墙上一份上海地图的荒木惟就干脆转过身说，那个被你策反的延安要员，我允许你最后一次向我隐瞒他的底细。

苏三省于是说，看来什么也瞒不了科长您。

但苏三省并没有就此而沮丧，他在当晚就又联系了一次线人。

自从有了沈不二，沈阳觉得原本灰暗的日子又泛起了光泽。当所有的客人离开煎饺店时，沈阳有时望见柜台里逗着儿子开心的秋海棠时，她就更有理由觉得，自己终究还是幸运的。

秋海棠与组织的秘密接头，现在已经改为每个月里逢3的日子。但沈阳并不晓得，活跃在上海的中共地下组织人员，现在是越来越少了。码头熊出事后又紧跟着到来的上个月23日，秋海棠并没有在电车上碰见打听去苏州河方向的交通员。很快又要等来这个月的13日，如果一切正常，按照当初他和码头熊的约定，就会有一张新面孔来煎饺店与他接头。

南市区的难民营里,秋海棠仔细地替母亲郑国姿涂抹着药膏。令他感觉欣慰的是,他虽然无法让母亲重见光明,也无法替她修补上那两根被截去的手指,但母亲身上那块顽固了几十年的皮肤病却是日渐好转了。

这样的时候,郑国姿也仿佛能见到身边的难友投来的一群羡慕的眼光。她曾经一次次地在秋海棠离去后向人提起,药膏是儿子托人从国外带回的。郑国姿说,这病她其实也遗传给了儿子,但儿子却一直舍不得用这药膏,只是留着给姆妈用。

当难友问起郑国姿有几个儿子时,郑国姿伸出的右手每次都要在三个指头间进行困难的调整,最后不得已,她还是只能竖起拇指。

石榴那天从舞厅里回家,在卧室里甩脚踢出脚上的一双酒红色高跟鞋时,猛然看见了那张被摆在床头柜上长相清丽的女子照片。她于是赤脚跑到客厅,一把揪起沙发上的朱几说,刘山明,你也太阴损了吧。

朱几捏紧自己的鼻头说,以后少吃点酒。

那照片怎么回事?

你自己掉在地板上,我扫地时替你捡起了。不要多想。

这天夜里,石榴在床上翻来覆去毫无睡意,刚才波澜不惊的刘山明再次让她感觉难以捉摸。但无论怎样,她还是心虚了,虽然她觉得自己也不是那样无良。

想到这里时,石榴恨不得推开卧室房门直接站到刘山明的跟前,干脆利落地告诉他,姑奶奶我坐不改姓行不改名,叫我石雨花。

事实上,如果不是因为那年9月里出现在苏州城上空的一架游手好闲的战机,雨花现在或许还是麻将桌前跷着二郎腿吐着瓜子皮的姑奶奶,也会在许多个阳光明媚或是雪花飞舞的日子里突然吼一声,你们别动,姑奶奶确定又要胡了。那时,雨花的身边常常陪伴着一个与自己年龄相仿的侄孙女,她的名字才叫作石榴。雨花的生日是新历的8月16日,石榴则是旧历的八月十六。中秋拜月时,雨花家门前的那棵桂花树下,总有两个新鲜的石榴是和月饼摆在一起的。

石榴被炸飞的那一天,是为了上街给姑奶奶石雨花买一串茉莉花。在此之前,石榴跳跃在石板路上的小脚像是两只蜻蜓,9月的风吹起时,石榴每跑上几步就要往耳后拢起一次发丝。然后,日本人那架战机突然扔下了一颗炸弹,那颗炸弹就在石榴的身前坠落了。雨花后来听人说起,那天石板路上四处飞扬的茉莉花片像是在空中撒出了一把纸钱。

消息传到石家时,雨花的麻将正搓得热火朝天。她听见了下人们咚咚咚的脚步,也听见他们慌里慌张地说出事了出事了。客堂间前顿时乱成了一锅粥。

是不是天要塌下来了?可不可以打完了这局再说?雨花拿着手里的一枚"东风"敲着桌面说。

石榴四分五裂又无法拼凑起的尸体被抬回时，雨花依旧望着捏在手里的一粒麻将牌出神。一直到下人将几片烧焦的茉莉塞到她手里时，雨花才站起身子，面对着躺在地上的石榴叫喊起来：你们别吵了，让我痛快地哭一回！又一步跨到天井前，仰头对着一片四方的天空说，狗日的，姑奶奶我操你八辈子祖宗！

两个月后，日本人彻底进入苏州城的那一天，石家最小的儿子在奔跑的路上被一柄刺刀追赶上，刀尖一直穿透他的肩头，转头的雨花眼见着身后的石小弟像是狂风暴雨中的水稻一般，无可奈何地将头低下。随后，又有一把马刀如闪电一般在石小弟的右腿上砍落。

事实上，雨花当初来上海，就是为了给瘫痪在床的石小弟赚足后半生的活命钱。但她那次偷牌时却失手了。实在不得已，她才想起了侄孙女在上海的未婚夫刘山明，原本也只是为了向对方借几个回苏州旅途的钱，可就在双方见面的瞬间，她竟鬼使神差地另有了主意。

这事其实也怪不得我,雨花想,是他刘山明自己要把我错当成了石榴。

22

第二天的清晨,朱几起身得特别早。

听着刘山明在门外的洗漱声,雨花起身翻开了这一天的日历。她于是发现,原来日子竟然已经到了13日,再过三天,就是自己的生日了。

雨花后来记得,她那天从刘山明手上接过这个月的第二笔生活费时,心里还是有着愧疚的。她又记得,刘山明紧接着说,不够了我再给你凑,但酒还是要少吃。

你这是要去哪儿?雨花后来对着走到门口的朱几叫道。

朱几回头笑笑说，我知道你不是没心没肺的，过了今天，很多事情我都可以跟你解释。也希望你不要有事瞒着我。

抬腿穿行在这一天稀薄的晨雾里，朱几感觉整条弄堂都特别清新。回头望了一眼自家的窗台，他竟然发现，石榴正在窗口处不解地凝望着他。

石榴后来气喘吁吁地撞进陈看见家的房门时，猛然发现这间房里已经聚满了一拨男人。陶大春的一名手下警觉地想要拔枪，陈看见在石榴惊慌的眼里盖住他的双手说，嫂子，怎么了？

山明，山明。石榴说，我怕山明要出事。

五分钟后，石榴跨上陈看见摩托车的后座时，两人的身后，陶大春和他的三名飓风队队员也已经推出了墙角处各自的脚踏车。陶大春抬眼时，晨雾已经被阳光收走，一片耀眼的明亮。

陈看见与飓风队的碰头是因为这天夜里的一次砍头行动。所有的情报证实，为了欢送上海派遣军的一名军事长官回日本,梅机关将在沧州路上的沧州饭店举行一场欢送酒会。现场的荒木惟将上台演奏一曲《五木摇篮曲》。但荒木惟并不知道,九天前的那个深夜,陶大春和他的队员已经潜入酒店,并在钢琴底座的毛毡布下摆放了一枚小型炸弹。荒木惟上台敲动琴键时,混入现场的陈看见就会引爆炸弹。然后,飓风队会在现场的混乱里歼灭一些军方高层,同时在人潮汹涌时撤离。

就在刚才,陈看见和陶大春商议后决定,炸弹的引爆时间点应该修改为荒木惟上台鞠躬的那一刻。只有这样,才能确保让更多炸开来的弹片飞入荒木惟的头颅内。

荒木惟死定了。陈看见那时将双手插入裤兜里说。那一刻,望着窗外萦绕的薄雾,他又想起了程婴。在此之前,他曾经向陶大春请示,等干完了这一票,自己能否带上一个女人登上去重庆的轮船?

陶大春诧异地望向自己时,陈看见说,她的男人阵亡了,是71军的一名报务员。

摩托车上的石榴感觉吹过耳边的风一阵紧过一阵,这个飞速掠过的清晨里,她原本应该欣喜才是,刘山明和陈看见竟然都是对付日本人的。但刘山明走出家门时的那段话,她像是听懂了一半。她于是又想到刘山明藏起来的那张煎饺店老板娘的照片。出乎她意料的是,她却在刘山明的柜子里翻到了一份一个名叫码头熊的男人写下的留言,码头熊是让拿到这份留言的人在这天去和另一位上级接头,而接头的地址就是劳神父路上的72号。

那就是新开张的大壶春煎饺店!石榴再次对陈看见说,苏三省的女人说,那里很危险!

苏三省也在这天的清晨早早带队出发,到达劳神父路时,他就甩手让司机阿亮和那帮身穿便衣的手下四处散开。他要手下各自守住路口,没有见到他的手势,谁也不能露面。

苏三省是在几天前那个深夜的电话里接到线报,共党人员的接头时间可能在13日的上午,地点就在劳神父路72号的大壶春煎饺店。

这个看似稀松平常的上午,苏三省觉得他已经等了好多年。已经熄火的福特牌轿车里,他让自己的双手栖落在泛旧的皮质方向盘上。望着风挡玻璃外一排浓密的垂柳,睡眠不足的他才恍惚听清了晨光里响起的第一阵蝉鸣,辽远又苍茫。

副驾驶的那边响起两声敲窗声后,那个男人在他转头时将车门打开。

令苏三省诧异的是,对方却依旧戴着那顶礼帽。他说,你今天不够放松,不必这样如临大敌。对方却将头顶的礼帽压得更低说,亏心事干多了,难免心慌。

朱几那天实在没有想到,眼前的劳神父路上,就在前方十来米的对面,竟然有着一家看似新开的大壶春煎饺店分号。凝神继续往前时,他就不得不猛然抽回脚步。没错,煎饺店的门牌就是72号!

和沈阳的四目相接,像是顷刻间的电光石火,那一刻，朱几如木偶般矗立在空旷的街头。他知道，自己是没法再转身了。而如果不是伸手扶住身后的柜台，沈阳也差点跌倒在这个清晨错乱的阳光里。目睹着这一切的秋海棠，将手搭上沈阳不住颤抖的肩，又缓缓站立到两人目光交错的慌乱里。

朱几记得，自己那天是在秋海棠抬手示意里边请后，才跟着他一直走向了靠窗的那张长条桌子。秋海棠将半遮的窗户打开，又将桌子正中的那顶礼帽收起，将它搁到桌子尽头的一个筷子筒边，然后说，先生是第一次来？

朱几深吸一口气，环顾四周后随口应道，我可能是走错路了，一下子记不清去苏州河该哪里上电车。

先生可是问对人了，秋海棠说，碰巧我就是开电车的。

两人的目光碰撞时，朱几觉得，这个已经模糊的清晨又亮堂了起来。他于是再次记起，行刑前的那一晚，码头熊在吃了一口酒后将刚才的这段接头暗语连着说了两遍。还没等放下晃荡的酒杯，他就说，请你把我刚才的话复述一次。

　　先生是第一次来？……我可能是走错路了，一下子记不清去苏州河该哪里上电车……码头熊最后脖子一仰，喝完了断头饭的最后一滴酒，他后来的话仿佛是对着那片熟悉的月光说的：拜托你明天枪法好一点。

23

时隔多年以后,沈阳曾经无数次跟自己的儿子沈不二谈起那天突如其来的一幕。她说我当时也不知道怎么回事,那人突然呼的一下站起身子,对着我满脸疑惑地看了两眼,然后就收起桌上的那块银圆,对着秋先生说,对不起,我其实不去苏州河。

五周岁的沈不二于是在书桌上侧过脑袋问她,姆妈,这是怎么回事?

沈阳抬手指点着在沈不二写字本上的一个错别字说,你都问了无数回了,那人是你亲爹呀。那时的窗外,刚刚吹过的一阵风带来了远处一阵加油鼓劲的呐喊声。沈阳抚摸着沈不二圆滚滚的脑袋说，写完这一页，姆妈就带你去延河边看游泳比赛。

姆妈不要忘了，你说过等我长大了，要带我去苏州河里游水。

姆妈是答应过你，沈阳说，咱们还要带上程婴阿姨一起去。

沈阳那时想，日子过得真像一匹通信兵胯下飞奔的马，这一转眼就已经到了1947年的延安。她记得五年前的那天，秋海棠从自己手上接过一份煎饺给朱几送去时，眼神像是有点陌生。她又不敢再看坐在前方窗户下的朱几，迷雾笼罩的目光抛向门外时，她看见阳光正要直截了当地拍打到那天的劳神父路上。

而在朱几的记忆里，秋海棠那天端上那份热腾腾的煎饺时，他在那股喷香的油煎味里抬头说，我吃过了。

你是说你吃过我们店的煎饺？

朱几于是摇摇头，有点慌乱地说，我是说吃过早餐了。

秋海棠仿佛这才会意,抓了一把身后的脖颈道,总算见面了。又说,银圆带上了吗?

秋海棠又一次扭头抓挠自己的脖颈,阳光斜打过来的剪影里,朱几看见一些皮肤碎屑在空气中飞扬起来,又纷纷落在了秋海棠长衫的肩头。

将压在桌面上的银圆推向秋海棠的那一刻,朱几的手突然停了下来,他的目光越过了秋海棠的肩头和洞开的窗户。朱几发现,马路对面那棵垂柳的枝条下,阿亮的一双眼正死死地望向自己。

朱几在瞬间起身,想要收回贴在桌面上的银圆时,粘上油渍的银圆却在他的手指间滑落。秋海棠俯下身去将银圆捡起,仓促间,抬起的袖口又带翻了桌上的那筒筷子。

沈阳就是被筷子打翻的声音所惊动的,她看见朱几从秋海棠的手里一把抢过银圆,又听见他说,对不起,我其实不去苏州河。然后,门外的石榴就火急火燎地冲了进来。石榴的脸上竟然也有着慌张,她迅速牵起朱几的手,声音喘息着说,老公,原来你在这里,赶紧走,昨天说的那块旗袍料子,再不下手就来不及了。

苏三省站在远处的一个角落里,举着手里的那副双筒蔡司望远镜,静谧之中他似乎能听见自己的呼吸声。就在刚才,两个聚焦的望远镜圆孔里,随秋海棠出现在煎饺店窗户前的刘山明令他出了一身冷汗。有那么一刻,他陷入无比的沮丧,他想,过了今天,等审过了竟然潜伏在身边的刘山明,自己又该如何踏进荒木惟的办公室?他能想象暴跳如雷的荒木惟,那样的时候,连头顶的水晶吊灯也会一起颤抖。

秋海棠照计划推倒那筒筷子时,苏三省无奈痛楚地抬起右手,又在空中迅速挥落。

劳神父路上往来的人群显然是被一帮提着短枪又从各个角落里奔跑而出的男人所惊吓,在苏三省烦躁的视线里,他们如同一堆麻雀一样呼啦啦散开，街面顿时显得宽阔了起来。但几乎是在同时，马路上突然射出的一排子弹却让苏三省和他的手下也即刻陷入了慌乱。苏三省猛地惊觉，对方冲在最前头的却正是那天仙乐斯舞厅前的行刺者。

那天，双方的交火让树上的知了异常卖力地欢叫起来，仿佛是要与枪声一比高下。望见从一棵柳树下闪出身子又举枪射击的苏三省时，陶大春踢了一脚身边的陈看见，他说甩开膀子干一场吧。

一天两场，今天真够忙的。冲到煎饺店门口的陈看见将子弹推进枪膛，又在门外叫了一声刘山明，将另一把枪朝他扔了过去。朱几跨出一步，抬手接住空中飞来的短枪时，即刻感觉到身上的血液一阵滚烫。石榴就是在这时扯了一把他的衣角，待他转身时，他看见提着电车公司工具包的秋海棠正要夺门而出。

在沈阳的眼里，朱几抬起的枪口直接指向了秋海棠的脑门，他说，原来就是你。秋海棠努力地想要保持镇定，眼光无助地望向沈阳。沈阳于是急匆匆地将抱起的沈不二放在了柜台上,随手操起一个煎饺碟,毫不犹豫地朝着朱几砸去,嘴里喊道,姓朱的,我跟你拼了。

但沈阳的碟子并没有砸到朱几的身上,碟子飞出的那一刻,她似乎看见朱几的两道眼光锋利得像是刀片。朱几猛地俯身,一个箭步朝前冲去,待他在空中张开双手时,从柜台上落下的沈不二就正好稳稳地落在了他的怀里。

眼见着自己的手下一个个中弹倒地,视线里似乎只留下了司机阿亮。劈头盖脸的枪声里,渐渐后退的苏三省知道,不能再继续恋战了。转头迅速送出一排子弹后,苏三省便撒腿向着轿车的方向奔去,又掏出口袋中的车钥匙,将它扔向了阿亮,嘴里喊道:快撤!

冲出煎饺店的朱几就是在这时紧追着苏三省赶去,苏三省转身,将抬起的枪口向他瞄准。但同样的时间里,阿亮抬手接住空中飞来的钥匙时,也是一个转身,随后在他另一只手举起的枪口里,飞出的子弹却直接射向了苏三省。

陈看见记得,阿亮的子弹正中苏三省的手腕,苏三省正要射向刘山明的那把短枪于是在空中飞出。后来,跌落在地的苏三省挣扎着欲要起身时,从陶大春枪膛里飞出的子弹便将他彻底放倒。

石榴实在无法明白眼前的这一切,她只是记得,后来阿亮掏出一个与刘山明手中一模一样的不列颠女神银圆,他说我叫许天亮。寄给老苏州旗袍行转交诸葛队长的那封密信就是我写的。我跟了苏三省这么久,今天如果不是你,谁也想不到叛徒就在这家煎饺店里。

许天亮后来又对朱几说,我在上海十二年了,顾顺章叛变后,只有诸葛队长知道我的存在。现在想来,幸好你上次在仙乐斯舞厅前救下了苏三省。现在起,你就是我的上线。

朱几仿佛是在这时才如梦初醒,他说糟了,那个电车司机呢?

秋海棠在朱几眼里的彻底暴露是因为他俯身弯腰捡起那块银圆。那时，朱几清楚地看见了他脖颈处那块板结干燥又密布着抓痕的皮肤，那明显是一处长年不治的皮肤病。朱几于是在瞬间想起，和石榴一起买沙发的那一天，苏三省在车厢里秘密会见的那个戴着礼帽的男人，曾经多次反手去抓挠自己的后脖。当然，他也是到后来才明白，正是阿亮那时在煎饺店的对面投来仿佛要穿透自己的一道目光，才给了他一个彻底的警醒。

一切渐趋平静，缓过神来的沈阳搂紧怀里的沈不二，眼光惝惶地看着朱几，她说我知道秋海棠在哪里。

24

在难民营里找到母亲的那一刻,秋海棠一把跪倒在郑国姿的跟前。很久之后,他才在人群不断聚拢的眼底里将头抬起。那时,他已经泪流满面,双肩抖动着异常凄凉地说起:姆妈,儿子不孝。

海棠,你这是怎么了?郑国姿弯下那具瘦弱成枯枝一样的身子,空洞的双眼苍老无比。

抬手提起母亲的右手,秋海棠将郑国姿仅剩的三根手指摆到自己的掌心里,他说,姆妈,儿子对不住你。

秋海棠永远记得,哪怕是在那个大雪纷飞的冬夜，自己面对苏三省的酷刑时也始终是面容淡定。但到了凌晨，当格子窗外的雪花仿佛一片片鹅掌一样落下时，双目失明的母亲却被苏三省牵了进来。门被推开的那一刻，跟随母亲的身影一同涌进房里的，还有一批急着赶路的风和雪。秋海棠不会忘记，憔悴的母亲那时接连打了无数个冷战。然后，苏三省就客气地说，秋先生，我们有的是时间，你母亲的十个指头，我每一次切去两个你看如何？

秋海棠用尽全身的力气想要挣脱身上的刑架，但苏三省早就插立在审讯桌上的匕首却已经手起刀落。只听见咔嚓一声，郑国姿的两根手指便从她的手掌处分离开来。两股温热的鲜血正在桌面上寻找各自的方向时，那扇不够紧固的木门便被另外一批赶到的风雪咣的一声撞将开来。

秋海棠的被捕是在一个温暖的冬日里，那天上午，走在普恩济世路上的秋海棠没有发现任何异常，直到快要接近那家药材铺时，他才隐隐觉得身后有人跟踪，他于是只得躲进店铺寻找机会脱身。

事实上,他这天只是带着一份郎中给配伍好的中药方,去药店里给母亲的风湿病抓一把外敷的草乌药汤。母亲日渐严重的风湿和顽固的皮肤病一直是他的焦虑。但药店老板显然看出了秋海棠此时更为紧急的需求,他说先生不妨随我去后房里躲一躲。

蜷身在那个足有一人高的大缸里,药店老板将一块沉重的木板缸盖在他头顶推合上时,秋海棠感觉这个上午顿时就和母亲眼里的世界一般混沌。吐出两口气后,他便闻到了一股西北宁夏枸杞的香甜,那是一种柔软又倦怠的气息。

可是在当天傍晚,秋海棠却还是踩进了76号特工总部东亚研究所设定的另一个包围圈。那时,苏三省叉开双腿站在石板路中那堆橘红色的夕阳下,又将双手盘到胸前,兴致盎然地说,你再跑呀,我们有的是时间。

然后,他终于在那个大雪纷飞的夜里向苏三省屈服,离开那个秘密审讯点,他看见母亲手上坠落的血一滴滴掉落在白茫茫一片的雪地上。

回公司上班的几个月后，他就在一个当班的中午里听电车上的乘客提起，附近的西域药材铺已经被极司菲尔路的76号人员所捣毁，那位老家在浙西的店老板被泼了一身的汽油，点火后扔进了后房的一口大缸里。闻听着乘客的述说，秋海棠那时很没道理地将电车刹住。他想起，这一天的清晨出班时，他曾将一份隐秘的情报塞进换衣间的那个属于自己柜子里，不出意料的话，苏三省现在已经从墙壁的另外一头取走了情报。而这样的出卖组织的行为，对秋海棠来说已经是第三次。对此，除了换来保全母亲的手指以及可以想象的性命之虞，苏三省还特意为他遗传在身的皮肤病送了他一支药膏。苏三省说，有些病就得下猛药，日本国原产的，效果肯定好。

但苏三省的这支药膏，秋海棠一直舍不得自己用。

又过了几天，秋海棠再次前往普恩济世路时，看见原先的药铺上已经开起了一家大壶春煎饺店的分号,虽然眼前早已物是人非,但他却恍惚觉得是一次故地重游。

在最角落里的一张长条凳上坐下,有很长的一段时间,秋海棠都陷入了焦灼的往事中。沈阳后来走到他身前时,他感觉这个女人似乎比自己更为憔悴。事实也的确如此,在朱几无端消失了一个星期后,那时的沈阳就像是荒地里一棵不愿再生长的白菜。

事隔很久后,当秋海棠已经成为煎饺店的常客时,中共江苏省委给他提出建议,希望他寻找一名可以提供身份掩护的女性,上级的意思,如果可能,还要逐步发展为自己人。秋海棠于是在后来一边面对省委组织和沈阳,一边又在暗处联系苏三省。事实上,他告诉沈阳的那部串接的电话就是一个十足的谎言,每次铃声响起时,电话的那头其实都是苏三省。

那天,朱几和陈看见在难民营攒动的人头里找到秋海棠时,秋海棠正在一片阳光的阴影里给母亲郑国姿的风湿处涂着草乌药酒。朱几听见秋海棠对眼圈深陷的母亲说,姆妈,你的皮肤病看来是痊愈了,这治风湿的药酒也要经常擦洗。

朱几想要上前时,秋海棠却转眼望着他,以商量的口吻说,等等我,就快好了。

被朱几和陈看见带出难民营的那一刻,秋海棠提起那瓶草乌药酒,将它们全部倒入了自己的嘴里。又声音苍凉地说,拜托了,替我照顾好母亲。几分钟后,倒在地上的秋海棠就在草乌药酒引发的剧毒中停止了呼吸。

25

除了喜欢音乐,荒木惟其实也喜爱着《圣经》。那天,和即将离沪的军方高层散步在沧州饭店里的一片草地上时,梅机关一名突然赶来的特工凑近他耳边私语了两句,荒木惟于是在心事重重中将眼光放得很低。他说看来13这个数字真的很不吉利。

回到办公室的荒木惟,整个下午里都对吊灯下的钢琴视若无睹。一直到桌上那壶泡开的龙井由滚烫变成冰凉时,他才对眼前的一群手下说,我早说过,苏三省最大的缺点就是过于自负。在上海,可以像他这么任性的,只能是黄浦江里的潮汐。

但欢送酒会还是在这天晚上的八点准时举行。经过几轮可以想见的掌声后,灯火辉煌的大厅里就涌起了一阵热情洋溢的觥筹交错。荒木惟后来端着一杯荡漾的红酒,在众人的期待里兴致盎然地走向钢琴台。将酒杯高举到空中时,他的嗓音也因为红酒的滋润而显得富有磁性。他说让我们安静地聆听一回《五木摇篮曲》,这样的时候,灯光是多余的,我们更需要引进夜色。

荒木惟放下手里的杯子,走廊里已有准备的手下便突如其来地拉下了酒会大厅的电源闸刀。一阵哗然后,场内又响起一阵气氛和谐的掌声。

就在钢琴的音符在黑暗中响起的二十秒后,胸前挂着一台相机的陈看见茫然按下了隐藏在身边墙体里的引爆装置。那一刻在轰然的巨响中,整个大厅都在地狱般的风暴中战栗。但在随后汹涌奔泻的人潮中,守候在走廊楼梯里的陶大春却分明看见了深盖着一顶军帽匆匆离去的荒木惟。

事实也的确如此,苏三省的死让荒木惟在整个下午变得心绪不宁。他开始觉得，没有过了今天，一切都是不够安全的。他于是临时决定，《五木摇篮曲》的弹奏者就干脆换成一名同样热爱着钢琴的手下。

陶大春在第一时间跨上了陈看见摩托车的后座，那时，荒木惟的小车已经在宪兵队的护送下隐入了夜色。陈看见于是带领飓风队员的几部脚踏车抄了一条近路。双方最终在一个弄堂口里狭路相逢。等待已久的枪声终于响起时，那片早已嘈杂的夜空像是在顷刻间又遭遇了一场雷电。

踢掉高跟鞋的石榴是最后赶到的。因为没能拦下朱几的脚踏车，她于是一路狂奔着冲向那个枪火升腾的去处，赤脚到达枪战现场时，她感觉脚底的石板异常滚烫。石榴随后看见，那时重新跨上摩托车的陈看见，给足油门后直接冲向了荒木惟正要突围的小车，但在往车厢内扔进一颗手雷后，爆炸引起的冲天火光中，他也同时撞上了一群飞速赶到的机枪子弹。

陈看见感觉自己是被一袋沙包击中,他想这到底是怎么回事?在摩托车上一阵战栗后,胸口处便如一只被扎破的轮胎,扑哧扑哧地往外漏气,陈看见于是在这个夜晚惊讶无比。朱几冲过去将满身是血的陈看见抱起时,发现他的胸口像是一个被掏空的莲蓬,莲蓬的许多个心房里,汹涌的血流一路往外狂奔。

陈看见后来踢蹬着双腿,使劲抓住摩托车的车把,在朱几的搀扶下想要努力地站直身子。那时,他望见辽阔的夜幕像是点起了一排大红的火烛,影影绰绰中,程婴在一个陌生的寺庙里撩开一面面的经幡,踩着如水的月色向他走来。程婴像是开口说话了,程婴叫了一声陈看见时,寺庙里的钟声就响起了,然后便有一群鸟扑打着翅膀升腾起来。陈看见于是用上最后的力气推了一把朱几说,别让程婴过来,我身上很脏。

陈看见牺牲后的第三天,许天亮在一个特工总部同事的陪护下前往国父纪念医院,他是去给自己换枪伤药。此前的那场枪战,他在离开劳神父路上时,在自己的左腿上连着开了两枪,然后又开着苏三省的小车回到了极司菲尔路的76号。二楼的男厕所里,许天亮瘸着一条左腿迈向便池时,右脚却没注意地踩上了医院清洁工正要提起的一个扫把。许天亮扭头时,清洁工便在他眼里摘下口罩,对着他狡黠地黯然一笑。许天亮于是脱口而出:朱几,原来是你。

26

1942年的延安,朱几常常被这样的一个梦境惊醒:梦里的陈看见最终沿着身后那堵墙慢慢矮了下去,就像是海边的一堆沙丘,一个浪头在脚底经过后,沙丘喘了一口气,便把自己放倒了。但陈看见那时依旧展露微笑,他满嘴血泡地说,刘山明,你要是有本事,我们现在就再干一架。

这样的时候,朱几就会压实沈阳肩头的被褥,窸窣着起身后披衣走向窑洞的窗口。点燃一根自己卷的烟叶时,他偶尔也会听见战士在夜色里叫道:口令!那时,一轮镰刀状的弯月正从延安边区的头顶走过。朱几想，这么静的一个夜，怎么反而不能好好睡一场？又在心里问，陈看见，为什么我总是看见你？

就是这一年的七八月间，在历经了无数个日夜的长途跋涉与车马劳顿后，离开上海的朱几和沈阳终于到达了通往延安的一个路口。那时，两名装扮成当地百姓的边区保卫部的士兵将他们拦住，说，请给证件。朱几说，我们没有证件。那总有介绍信吧？士兵说。也没有介绍信，朱几说。那你们不能进，士兵说。

那我们怎样才可以进？沈阳最后说。

怎么也不可以进，说破了天也不可以进。士兵将那把"盒子炮"短枪骄傲地插进了腰间的裤带里。

站在沈阳身后的程婴后来走上前去，一双手在另外一个士兵的眼前比画来比画去，然后又干脆掏出口袋里的纸和笔。沈阳于是腾出怀抱沈不二的一只手，将她拉了回去。又对朱几说，我们非进去不可，身上一分钱也没了。

此前他们曾经逗留的西安城里,沈阳曾经掏出自己和朱几身上所有的钱,让程婴在一张汇款单上写下了一个苏州城的地址,收款人是一位姓石的先生。但程婴落笔时,写着写着就突然惊讶起,因为她竟然在填写收款人时,差点就将那位姓石的先生写成了谢宽生。再后来,她望见邮局窗口里接过汇款单的那个陌生的工作人员时,却又想起了上海邮政局第九支局的那个鸿雁传书的邮差,那是从头到脚一尘不染的陈看见。

石榴也是死在刺杀荒木惟的那一晚,她是替朱几挡住了两颗突然射出的子弹。朱几将她从地上抱起时,石榴掏出这天早上朱几刚给她的一笔生活费,满脸疲倦地说,替我把这钱寄回老家。还有,其实我不叫石榴,我叫石雨花……

两天后,沈阳和程婴再次出现在通往延安必经的那个路口,走在她们前面的,是被一根麻绳五花大绑起的朱几。沈阳朝着士兵喊道,都看好了,他是江苏省委的叛徒,之前投靠了汪精卫,我们现在把他从上海带回来了。

边区保卫部对朱几身份的审核在当天下午就及时展开,主持问讯和甄别的是一名叫贺羽丰的八路军年轻干部。在后来渐渐宽松的谈话中,当得知朱几的老家是在浙江诸暨时,贺羽丰说那咱们也算是半个老乡,我老家是浙西的江山县城,从省城杭州出发走浙赣铁路,我要回去得经过你家诸暨。

但朱几的被刺也就是这一天的深夜,那时,贺羽丰对他的甄别已经接近尾声。一轮镰刀状的弯月正在延安的头顶走过时,深夜醒来披衣下床的朱几在窗前低头踩灭了一个烟头。他在心头寻思着为什么总是在梦里看见陈看见时,就有两颗子弹朝着他映照在窗口的身影飞来。那是一把无声手枪。

幸运的是,朱几躲过了这一劫。

当天夜里,贺羽丰就封锁了通向外界的所有路口,在边区首长的指示下展开了细致周密的排查。

刺客在第二天的中午被查获。

甄别工作结束的那天,贺羽丰对朱几透露了实情,他说刺客原来是这么多年隐藏在边区核心部门的一名大叛徒,现在已经证实,秋海棠当初的身份行踪暴露以及之后的被捕都是由这个叛徒通过秘密电台向汪伪76号特工总部报的信。如果不是因为这个叛徒奸细,贺羽丰说,秋海棠或许不至于叛变……

贺羽丰盖上询问笔录时,像是从梦中醒来的朱几却又坐直身子说,等一等,贺同志,我还有一件事要向组织汇报。

76号特工总部的车队里,有一名司机叫许天亮,他曾经在东亚研究所开车,是我们的人,也是他救了我。朱几又一字一句地说,自从诸葛黄昏同志牺牲后,许天亮就与组织彻底失去了联系。过去的日子里,他和我一样,一直是一只离群的孤雁……

你最后一次见许天亮是什么时候?贺羽丰问。

是陈看见牺牲后的第三天,国父纪念医院的二楼。朱几的声音像是从那片记忆中走出,他说对了，是新历的8月16日，那天正是石雨花的生日。我同许天亮说，其实我们都一样，都和组织断线了。他沉默了很久才说，那你去延安吧，一定要活着到那里。我等你的消息，一直等。

等到死。他接着又补了三个字。

这么多年，许天亮一直是一颗闲棋冷子。朱几最后说，他应该还在上海，和之前的我一样，他肯定每个深夜里都苦苦等候着我们的同志去将他唤醒。我现在证明，许天亮，他不是汉奸，更不是叛徒。他的手里也有一块不列颠银圆。

傍晚来临的时候，朱几在窗外漏进的一束光线里擦了一把眼角。抬眼望向边区的窗外时，他仿佛见到一群鸣叫的大雁正在头顶的空中飞过。他于是又再次记起，诸葛黄昏曾经在那条船上枕着黄浦江的浊流对着他和刘山明说起，大雁是飞成人字形的，就是做人的人，人民的人。

贺羽丰就是在这时停下了一直书写的钢笔，凝神望向朱几时，他看见朱几的眼里像是覆盖了一层疲惫和苍凉。也或许，贺羽丰想，那只是闯进朱几眼里的几颗尘埃而已。

     2017 年 3 月 27 日 16:18 初稿
   2017 年 4 月 5 日 01:14 第一次修改
   2017 年 5 月 4 日 03:12 第二次修改
   2017 年 9 月 16 日 01:18 第三次修改
    2020 年 12 月 19 日 02:49 终稿

创作小说《叛徒》的自白书

那是一场泛黄的记忆，或者是陈开来照相馆里陈列的一张照片。如果这张照片的颜色慢慢变得鲜活，变得热情洋溢，那么普恩济世路巷口车水马龙的声音响起来，热气腾腾的大壶春煎饺店开始营业，朱几的老婆沈阳六月怀胎，她腆着光荣的肚子，叉腰出现在一个普通的清晨……

我喜欢这样的清晨，淋漓的人间烟火，让我百看不厌烦。我愿意坐在大壶春煎饺店的小方桌边，慢条斯理地吃一碟煎饺，然后起身走出店门，在店主沈阳散淡的目光中汇入人群。在远处暗淡的角落里，有一个叫朱几的男人，也就是小说中的叛徒，在向这边张望。

这是小说《叛徒》中应该有的场景，也是我和小说家赵晖合著的"刺杀三部曲"的第三部。三个小说中,就我个人而言,我最喜欢这个关于"叛徒"的故事。赵晖是一名优秀的小说家,他总能捕捉到日光以下一些细微的光芒。这种一闪一闪的光,是我们珍视的故事中最优良的品质。

有必要说说这个叫朱几的男人。在一次秘密会议的过程中被围捕,小组里出现了叛徒。组长甄别出叛徒后,一枪击毙了他,然后把枪丢给我,让我以叛徒的身份打入敌营。组长和组员们,包括那名真正的叛徒,全部在这次密会中阵亡。而敌人并没有见过叛徒,我按组长临终的命令顶替了叛徒,成了一名有着假身份的人,那么我的一切都将改变。我的老婆,我不能相认,而叛徒的未婚妻,却会到上海来找我……这是一个多么有意思的故事。我,就是这个叫朱几的男人。

在我的小说《向延安》中,主人公向金喜隐忍执着,坚守信仰,他并不是叛徒,但是他被投奔革命的同学们认为是懦夫。就是这个懦夫,付出了常人无数倍的牺牲，完成了任务，因为他是接受了上级指令潜伏敌营的真正的革命者。在《捕风者》中，女一号苏响的原型之一朱枫，就是因为叛徒蔡孝乾的出卖，和吴石将军一起牺牲在了台湾。只要有战争，就会有叛徒，也会有坚持信仰的牺牲者。《麻雀》的开头，就是一名叫安六三的地下特工人员叛变，故事拉开了序幕，众人的人生也就此开场。

所以，过去，现在，将来，都会有许多叛徒的故事，在锣鼓声中开场和上演。背叛祖国，事业，亲情，爱情，友情，信仰，理想……所有此类的背叛者，都是叛徒。

现在，让车水马龙隐去，让各种热情洋溢隐去，让文章开头中的场景，压扁回归到一张照片，让我们变得安静，安静得能听到微风走过的声音，安静得能听到针落地面的声音。

安静是多么重要的一件事情，我们完全可以想想微不足道的人生。对于小说家而言，可以想想他要写的故事，或者故事中一片无足轻重的树叶，水渍，或者天空云层中突然漏下的一缕光线。

很多时候，我沉湎在上海的旧事物中不能自拔，有时候我会觉得自己曾经经历过那个年代，我穿着大衣，围着围巾，出现在一棵树叶斑驳的树下。也许我是一名特工人员，也许我是一名脸容苍白的叛徒，也许我是一名报馆的记者，也许是一名正在等人的医生……无论我是谁，我都会在那个年代里观察着各不相同的人生。生而为人，在万事万物中，我们都在忠诚与背叛中徘徊。如果我们是信仰的坚守者，那么我们必须承担，忍受，煎熬，以及心向黎明。

我相信我曾经有过一支手枪，相信曾经有过血与火的岁月，相信目光坚定。构筑"海飞谍战世界"写就的所有文字中，可以看到，虽然硝烟，仍然文艺。虽然爱情，仍然煎熬。虽然庸常，仍然步步惊心。虽然在想象的故事里，爱恨加交，仍然笑容满面，淡定回旋。

小说中的主人公朱几，有着众叛亲离的人生，兵荒马乱的爱情，并且成为千夫所指的民族罪人，这些沉重的枷锁，套在他的脖子上让他无法喘息。而他必须忍受所有的一切，必须在漫长的黑夜里卧薪尝胆，必须学会戒掉所有的情感，必须让心滴血而矢志不渝。

那么点亮一支烟，回头望，你的人生里，你叛变了谁，谁又叛变了你？

海飞
2021年6月29日　02:32